LA PLUS BELLE
HISTOIRE DES ANIMAUX

Collection dirigée par Dominique Simonnet

Pascal Picq / Jean-Pierre Digard
Boris Cyrulnik / Karine-Lou Matignon

LA PLUS BELLE
HISTOIRE
DES ANIMAUX

Éditions du Seuil

TEXTE INTÉGRAL

ISBN 2-02-055127-6
(ISBN 2-02-040713-2, 1re publication)

© Éditions du Seuil, avril 2000

www.seuil.com

Sommaire

Prologue

Longtemps avant nous, les animaux sont nés dans le ventre de la mer. Ils se sont imposés avec leurs luttes et leurs lois, forts d'une extraordinaire diversité de formes. En chemin pour conquérir la Terre, ils ont d'abord habité le ciel : ce furent les premiers insectes. Timidement, ils se sont ensuite aventurés le long des rivages, au bord des lagunes, puis ont peuplé le reste du monde et ses milieux les plus variés, les ont transformés, abandonnés, puis regagnés au cours des âges et au gré de la poussée fantastique de la vie, des bouleversements géologiques et climatiques récurrents.

Raconter l'histoire des animaux, c'est bousculer le temps et partir en quête de l'émergence des espèces, depuis ces premiers organismes vivants microscopiques qui apparurent dans les océans primitifs jusqu'à la prodigieuse diversité du règne animal que nous connaissons actuellement. Retracer l'histoire animale, c'est aussi rendre compte de celle des hommes. Car si les bêtes ont une vie, un passé et un récit qui leur sont propres, il leur a fallu aussi compter avec l'aventure des humains qui n'ont jamais pu vivre sans elles. Cette rencontre a été d'une importance capitale dans l'histoire humaine. Elle a contribué à la naissance des premières civilisations et marqué profondément l'ima-

9

ginaire des hommes, quelles que soient les cultures et les ethnies.

En observant l'animal, l'homme a pu comprendre le mystère du monde et sa place dans ce dernier. Mais que savons-nous vraiment des animaux ? Comment sont-ils apparus et dans quelles conditions ont-ils évolué ? Comment se sont-ils laissé apprivoiser puis domestiquer par les humains ? Dans quels mondes mentaux vivent-ils ? Quelles sont réellement les origines des liens que nous entretenons aujourd'hui avec eux et quelles sont les perspectives de cette cohabitation sur laquelle notre civilisation s'est développée et les risques que la vie moderne fait courir à des liens aussi essentiels ?

En nous contant chacun un chapitre de cette stupéfiante histoire qui se situe au carrefour des sciences naturelles et humaines, nos trois scientifiques, chercheurs émérites, hommes libres et vulgarisateurs de talent, nous éclairent sur l'univers prodigieux des animaux, retracent les grandes étapes de leur évolution et de leur rencontre avec l'homme et mettent en lumière les héritages que les bêtes partagent avec nous.

Dans **la première partie**, nous envisageons la naissance du premier animal et examinons comment la locomotion qui, sous sa forme la plus primitive, a conduit les animaux à se différencier des plantes, s'est imposée comme un principe de réussite de l'évolution animale en permettant de conquérir sans cesse de nouveaux espaces plus favorables, de fuir les prédateurs et d'évoluer vers l'individualité.

Nous verrons comment l'évolution a proposé de multiples formes et comment la nature en a disposé. Comment s'est faite la transition entre la nageoire et la patte.

Comment de ces premiers reptiles naîtront les dinosaures, les oiseaux et les mammifères. Par quel processus. Quelle a été l'utilité des groupes sociaux et de la sexualité ? Pourquoi l'invention de l'œuf a-t-elle révolutionné l'avenir des animaux et forcément le nôtre ?

Pascal Picq, paléontologue et anthropologue, s'étonne encore de constater à quel point les animaux partagent, à des degrés divers, humain y compris, un nombre incroyable de points communs sur le plan anatomique. L'homme, selon lui, n'est pas le seul animal à penser mais il est le seul à penser qu'il n'est pas un animal.

Les recherches de ce spécialiste de l'évolution portent sur l'adaptation des ancêtres de l'homme. Pour reconstituer la vie de nos lointains aïeux, il s'est aventuré dans l'univers animal, en s'embarquant d'abord par la voie de la physique théorique, fasciné par ces mondes subatomiques où l'ordre des choses n'obéit pas à des lois figées. Puis ce fut le choc d'une rencontre d'un autre type : l'australopithèque Lucy, qui revient parmi les hommes en 1974 grâce à un certain Yves Coppens[1]. D'emblée, Pascal Picq tombe en électron libre dans les bras de la paléontologie et découvre l'extraordinaire richesse du monde des singes.

La deuxième partie raconte comment les humains, poussés par une profonde curiosité intellectuelle et un puissant désir de dominer la nature, ont bouleversé l'histoire des animaux en les domestiquant. D'abord éboueurs de campements et pilleurs de récolte, les animaux ont été observés, suivis puis attrapés par l'homme

1. Voir *La plus belle histoire du monde*, par Hubert Reeves, Joël de Rosnay, Yves Coppens et Dominique Simonnet, Seuil, 1996.

et, dès le Néolithique, maintenus aux alentours des villages. Dès lors, l'humain va domestiquer à des degrés divers toutes les espèces qui vont pouvoir l'être, à commencer par le loup. Un contrôle qui a contribué à l'expansion de la démographie humaine, à la naissance des différenciations sociales, à l'essor de l'économie, du politique et même de l'activité militaire.

Nous verrons comment le changement de statut de l'animal a été progressif, comment il s'est appuyé sur de multiples pratiques et sur une transformation majeure de nos sentiments à leur égard au point désormais d'humaniser les animaux qui partagent nos foyers et remplacent la famille tout en ignorant les animaux de consommation. Pourquoi un tel clivage ? Choyer les uns nous donnerait-il plus de courage pour tuer et manger les seconds ? Autre grande interrogation : l'animal manipulé génétiquement symbolise-t-il aujourd'hui l'avenir de l'élevage et la poursuite de l'action domesticatoire de l'homme sur l'animal ? Les progrès de la science et, plus généralement, les changements introduits par la modernité dans les rapports entre les humains et les animaux suscitent quelques inquiétudes.

Spécialiste reconnu de l'anthropologie de la domestication animale, **Jean-Pierre Digard** est aussi un ethnologue réputé pour son franc-parler. Quand, après avoir voulu devenir professeur de sciences naturelles puis vétérinaire, il s'oriente finalement vers l'ethnologie, c'est à travers leurs rapports aux animaux qu'il choisit d'étudier les hommes. De même, quand il se découvre une fascination pour l'Orient, c'est dans une tribu de pasteurs nomades cavaliers d'Iran qu'il décide d'aller faire ses premières armes d'ethnologue sur le terrain. La révolution islamique et la guerre Irak/Iran l'ayant pour un temps éloigné des tribus nomades, il entreprend des recherches sur les relations hommes-animaux dans la société occidentale. Il mène également, sur des bases historiques et comparatistes, une vaste réflexion sur la domestication en tant que processus, non seulement de domination, mais aussi de connaissance des animaux par l'homme.

La troisième partie aborde la manière dont les animaux ont nourri l'imaginaire de l'homme depuis les origines et lui ont permis d'exprimer ses fantasmes, sa religiosité, sa part obscure, sa solitude. Tantôt déifié, tantôt diabolisé, l'animal a connu le meilleur et le pire, a incarné surtout l'idée que nous nous en faisions. En s'interrogeant des siècles durant sur la ligne de démarcation entre l'homme et l'animal, ce qui fait l'un et ne fait pas l'autre, nous n'avons jamais voulu voir qui étaient réellement les animaux. Pendant longtemps, leur histoire s'est écrite non plus au rythme naturellement sauvage de l'évolution mais sous le joug de nos émotions et de notre culture.

Formidable révolution : depuis peu, les mondes mentaux des animaux nous sont désormais accessibles. Et l'on découvre que chaque être vivant a sa propre intelligence, du ver de terre au grand mammifère, que chaque animal est unique ; et l'on s'étonne d'apprendre que la pensée, qui n'est dès lors plus réservée à l'homme, s'organise déjà chez les invertébrés ; que la création, le sentiment de beauté, la conscience, la capacité à souffrir, à se réconcilier, à éprouver la peur et le plaisir, à désigner un bouc émissaire dans un groupe social ou à communiquer avec d'autres espèces existent dans le monde animal. Se pourrait-il qu'un jour nous puissions envisager de saisir vraiment le langage des bêtes et de communiquer avec eux ? Le projet n'est pas impossible.

Boris Cyrulnik est l'un des pionniers de l'éthologie française. Il est aussi neuropsychiatre, psychanalyste, psychologue. Enfant, il se promène avec un livre de psychologie animale dans la poche, s'émerveille devant l'organisation d'une fourmilière, s'intéresse aux naturalistes et se frotte aux adultes qui bousculent les discours dogmatiques. Dans les années 60, il découvre, au terme de ses études de médecine, une toute nouvelle discipline : l'éthologie ou la biologie des comportements. Boris Cyrulnik est tout de suite convaincu que l'étude du répertoire comportemental de chaque espèce animale peut aider à décoder le monde humain. En observant les animaux, il comprend à quel point le langage et la pensée symbolique permettent aux hommes de fonctionner ensemble. La démarche prend alors les allures d'une véritable aventure scientifique qui permet à ce chercheur iconoclaste et aujourd'hui reconnu sur la scène internationale de poser quelques étonnantes questions venues du monde animal.

La science et ses disciplines les plus modernes, ses découvertes recueillies depuis quelques années dans les laboratoires ou sur le terrain au gré d'expéditions audacieuses, nous invitent à porter un regard neuf sur l'animal. Et nous sommes troublés, stupéfaits de voir que nous n'avions finalement rien vu, ou peut-être ne voulions-nous rien savoir. C'est un peu comme si l'Occident se réveillait d'une longue absence, se débarrassait de la honte de ses origines comme d'une gangue. Et l'on se demande alors quelle compréhension anime ces peuples traditionnels qui, depuis toujours, connaissent intuitivement les animaux, ont une notion de l'unité du vivant et des équilibres fragiles liant l'homme à la bête.

L'histoire des animaux, c'est aussi ce récit-là, cette quête de nos racines humaines et la compréhension d'un monde partagé. Les théories s'inscrivent, elles évoluent, se renouvellent, enfantent des visions neuves, de saines révoltes et proposent des perspectives riches de toutes les observations passées. Si preuve est donc faite que les bêtes ne sont plus des machines et que nous ne sommes pas les élus que nous pensions être, est-il acceptable de continuer à les exploiter ? Allons-nous inventer d'autres formes de relations avec eux pour les années et les siècles à venir sans pour autant confondre l'animal avec l'homme ? La civilisation humaine saura-t-elle réduire à temps son implication dans le phénomène d'extinction des espèces sauvages et domestiques ? Telles seront les questions abordées en guise de conclusion.

Connaître les animaux, c'est forcément nous interroger sur nous-mêmes, nos origines, notre avenir, redécouvrir notre place dans la nature avec un peu moins d'ostentation, garder à l'esprit que nous sommes aussi les derniers représentants de la lignée évolutive des hominidés. Le temps file, l'histoire des animaux continue de s'écrire.

Karine Lou Matignon

PREMIÈRE PARTIE

L'aube des espèces

CHAPITRE 1

La sortie des eaux

Notre planète vient de naître au fil d'une formidable évolution universelle de plusieurs milliards d'années. Dans le sillage des premiers organismes végétaux, la vie animale explose au cœur des océans, des lagunes et des marais. Des centaines d'espèces vont apparaître, s'y développer. La conquête de la Terre par les animaux est commencée.

Les cellules s'émancipent

– **Karine Lou Matignon** : *La Terre est âgée de 4,5 milliards d'années. A cette époque, elle n'est encore qu'une masse fluide qui se solidifie un milliard d'années plus tard. C'est à ce moment que débute l'histoire de la vie. Dans les eaux qui recouvrent alors la planète, apparaissent des molécules organiques qui, peu à peu, vont s'associer entre elles, tirer leur énergie des sucres, du soleil puis des gaz ambiants. C'est donc en rejetant de l'oxygène que ces organismes vont rendre possible la vie hors de l'eau ?*

– **Pascal Picq** : Les premiers micro-organismes primitifs sont constitués d'une seule cellule et vivent en l'absence complète d'oxygène ; ce sont des bactéries anaérobies, des êtres unicellulaires dépourvus de noyau que l'on appelle aussi des « procaryotes ». Ces créatures impossibles à distinguer à l'œil nu ont été les premières formes de vie à apparaître sur Terre et sont aujourd'hui encore présentes sous toutes les latitudes et dans les milieux les plus variés, des déserts polaires à l'estomac des vaches, en passant par nos intestins. Elles subsistent en se nourrissant de sucres fermentés qu'elles transforment en gaz carbonique. D'autres formes de vie vont se développer à la suite : des cellules capables de synthétiser de la chlorophylle et de tirer leur énergie du soleil (c'est le principe de la photosynthèse). Tout cela s'accompagne effectivement de la production d'un déchet dans l'atmosphère et les océans : l'oxygène.

– *La première grande pollution du monde ?*

– Oui, mais c'est aussi grâce à celle-ci que s'est formée une couche d'ozone autour de la Terre, la protégeant comme un filtre des rayons ultraviolets nocifs du soleil qui détruisent les cellules. La vie, qui n'était alors possible que dans l'eau, pourra par la suite se répandre et se diversifier sur la terre ferme.

– *Mais tout se déroule d'abord dans le milieu aquatique.*

– En effet. Pendant 2 milliards d'années environ, la vie s'y limite à des bactéries et à des algues microscopiques. A ces micro-organismes succèdent d'autres êtres unicellulaires : une seule cellule dont le noyau qui renferme le patrimoine héréditaire est désormais entouré d'une membrane imperméable qui constitue une protection entre la matière vivante et l'environnement. On les appelle « eucaryotes ». Pour que ces cellules apparaissent, il a fallu un changement d'environnement avec davantage de combustible disponible, en particulier d'oxygène dissous dans l'eau. Résultat : le métabolisme énergétique de ces cellules est devenu plus important.

L'approvisionnement en calories s'est encore amélioré avec l'absorption de matières nutritives comme le glucose qui est un sucre et dont la combustion produit une énergie indispensable au mouvement. En fait, c'est un peu comme si ces cellules avaient fabriqué au cœur de leur organisme une usine dédiée au mouvement.

– C'est la locomotion qui, sous sa forme la plus primitive, a conduit les animaux à se différencier des plantes ?

– On peut dire que la mobilité est un principe de réussite de l'évolution animale. C'est une stratégie de survie qui permettra de conquérir sans cesse de nouveaux espaces plus favorables, de fuir les prédateurs et d'évoluer vers des systèmes sociaux contrairement aux plantes dépendantes de conditions de vie locales. Ce qui ne veut pas dire qu'elles n'ont pas développé des stratégies de survie intéressantes. Si les animaux se sont très tôt nourris des ressources énergétiques des plantes pour se développer, celles-ci se sont rapidement servies des animaux pour se reproduire et pérenniser leur espèce.

– Sait-on à quel moment le monde animal s'est réellement différencié du monde végétal ?

– On pense que la dissociation a eu lieu entre – 1 milliard et – 600 millions d'années, une période que les géologues ont baptisé le Précambrien. Lorsque les chercheurs ont étudié les traces de vie fossile de cette époque conservées dans la roche sédimentaire en Afrique du Sud, au Groenland et en Australie, ils ont constaté que les couches les plus anciennes ne renfermaient que des formes d'algues et des bactéries primitives. On ne sait pas si les eucaryotes sont apparues progressivement ou de manière soudaine.

Double identité

– *Les restes de ces tout premiers animaux sont-ils abondants ?*

– En fait, on trouve très peu de fossiles animaux dans des roches de plus de 600 millions d'années. Les plus anciens ont été découverts dans les couches d'Ediacara Hills, en Australie. Ils sont âgés d'environ 600 millions d'années. Ce sont les premiers êtres vivants pluricellulaires connus.

– *Pourquoi si peu de fossiles ?*

– Parce que la Terre depuis cette époque est l'objet d'un tas de bouleversements géologiques et climatiques : éruptions volcaniques, tremblements de terre, glaciations… Tout cela a rendu difficile la fixation de la vie dans la roche fossile.

En outre, les continents qui se trouvent sur des plaques de croûtes terrestres se sont déplacés lentement à la surface de la planète ; ils se sont séparés ou sont entrés en collision. Par conséquent, seules quelques parties centrales des continents ont échappé à ce processus. Ce qui explique la rareté des sédiments très anciens. Par contre, ces bouleversements ont eu un impact considérable sur l'évolution de la vie, l'émergence et l'expansion des espèces.

– N'y a-t-il pas eu des formes intermédiaires entre plantes et animaux qui, selon leur environnement, se comportaient tantôt comme des animaux tantôt comme des végétaux et qui finalement ont pu être à l'origine de la divergence entre ces deux mondes ?

– C'est possible. Par exemple, il existe encore actuellement une algue unicellulaire, l'euglène, qui a la particularité de posséder à la fois de la chlorophylle comme une plante, ce qui lui permet de fabriquer des molécules organiques grâce à l'énergie du soleil, mais aussi d'être capable, grâce à un flagelle, sorte de filament locomoteur, de partir en quête d'une proie et de la consommer tel un animal dès que la lumière vient à manquer. En fait, la séparation semble s'opérer avec le groupe des « cnidaires » qui sont des organismes simples, comme les coraux, les anémones de mer et les méduses. Les premiers sont fixes, les secondes sont mobiles. Chez ces organismes, il n'existe pas d'organes ni de système respiratoire ou sanguin. Tout se fait par diffusion.

– C'est-à-dire ?

– Chaque cellule reçoit ses aliments et son oxygène directement du milieu extérieur. Les méduses s'alimentent des particules aquatiques et excrètent leurs déchets grâce à l'eau. Un seul orifice sert à la fois de bouche et d'anus. Leur corps est formé de deux feuillets cellulaires séparés par une matière gélatineuse. Ces tissus sont spécialisés pour leur permettre de digérer, de se reproduire, de se mouvoir et de coordonner leurs mouvements.

– A quoi ressemblent les premiers animaux ?

– A des vers. Leur corps, semblable à du blanc d'œuf, se compose de segments juxtaposés le long de l'axe du corps. Ils sont capables de se déplacer par reptation ou à l'aide de cils vibratiles comme les ciliés. C'est la forme la plus simple du comportement animal. Ce sont des organismes qui ne possèdent ni nerfs, ni cerveau, ni appareillage sensoriel et pourtant ils se nourrissent, possèdent une bouche et un anus, se rétractent quand on les touche, se détournent de ce qui n'est pas comestible pour eux, réagissent à la lumière vive, aux vibrations, à la température. Arriveront ensuite d'autres vers dotés d'une tête et d'une queue.

– Qu'est-ce qu'un animal au juste ? En a-t-on au moins une bonne définition ?

– L'étymologie le définit comme un être vivant animé de l'intérieur, doué de sensations et de mouvements volontaires, tout comme les éponges, les méduses, certaines flustres qui ressemblent à des algues ou comme les coraux qui sont des associations d'animaux dont le squelette est en carbonate de calcium. La grande barrière de corail en Australie, visible de la Lune et si semblable à un amas de pierres, n'est en fait qu'une agrégation de vies animales.

– On trouve aussi des plantes carnivores, lesquelles, pour se nourrir, ont inventé un stratagème de capture proche de celui des animaux ?

– Certainement, mais cela ne suffit pas à en faire un animal, même si la frontière est parfois ténue. C'est d'ailleurs là tout le problème des grandes classifications. Très récemment, on a découvert du collagène dans un champignon. Or, on sait que cette protéine est nécessaire à la cohésion des os, de la peau et des muscles. Ce qui fait que, d'un point de vue des relations de parenté, les champignons sont plus proches des animaux que des plantes.

– *Pourtant, ce champignon n'est pas un animal ?*

– Non, en effet. Ce n'est pas non plus une plante puisqu'il n'a pas de chlorophylle, c'est un intermédiaire… Le règne animal plonge véritablement ses racines dans le milieu des vers.

Le plan de construction

– *Il paraît incroyable de songer que des vers soient les précurseurs des animaux que nous connaissons aujourd'hui !*

– D'autant que ces vers ne sont pas apparus du jour au lendemain. Il a fallu attendre plus d'un milliard d'années avant que les cellules eucaryotes donnent naissance aux organismes pluricellulaires, et on ne sait pas avec exactitude comment ils se sont développés. Nos cellules eucaryotes ont donc ouvert la voie à la reproduction sexuée et sont à l'origine de la coopération entre cellules. Groupées en colonies, celles-ci sont devenues solidaires les unes des autres, se sont organisées, se sont spécialisées, pour finalement donner des organismes beaucoup plus gros qu'elles. Ces derniers se sont ensuite dotés d'organes différenciés indispensables pour assurer des fonctions précises comme la respiration, la digestion, la reproduction ou l'évacuation des déchets. Tout cela semble exploser au début du Cambrien, comme si la vie n'en pouvait plus d'attendre.

– C'est un peu comme si la fusion d'une foule de cellules élémentaires créait un super-organisme bénéficiant de l'efficacité de chacun de ses composants ?

– C'est cela. Bien que « fusion » ne soit pas le terme exact, je dirais plutôt « organisation ». Dès lors, la diversification du monde animal va reposer sur une interaction permanente entre les facteurs internes de l'évolution (le développement génétique qui détermine les caractères personnels de chaque individu) et les facteurs externes de l'évolution (les catastrophes écologiques, la dérive des continents, les changements climatiques, la compétition entre espèces pour les ressources disponibles…). Ces contraintes vont se retrouver à la base des principaux plans d'organisation.

– Vous voulez dire le plan de construction de chaque organisme ?

– Oui. On a évoqué le plan des cnidaires (méduses, coraux, etc.) dépourvus de tête. Il y a le plan des oursins et des étoiles de mer, et celui de la majorité des animaux qui comprend une « tête » et une « queue ». Lorsque ce plan émerge, les animaux sont mobiles et volontaires, ils sont les acteurs de leurs mouvements.

– Toute l'extraordinaire diversité des animaux actuels et passés s'est donc fixée sur ces quelques plans originels ?

– Oui. Toute la variété du monde animal, c'est-à-dire de 2 à 3 millions d'espèces actuelles !

– *Cette diversité est née de la sexualité ?*

– La sexualité a permis en effet de proposer mais aussi de contrôler et de fixer une variété génétique sur laquelle la sélection a pu agir pour faire évoluer les espèces.

– *Comment s'opère cette sélection naturelle ?*

– Il n'existe pas de vilaine fée tapie dans la nature prête à faucher tout ce qui vit. Chaque espèce a besoin de nourriture et d'énergie. Ces ressources sont limitées. Alors il arrive un moment critique où s'installe la compétition. Elle s'instaure à trois niveaux : entre individus d'une même espèce, entre populations d'une même espèce et bien entendu entre différentes communautés d'espèces.

– *Quelle est la plus terrible ?*

– Entre individus d'une même espèce, parce qu'ils recherchent forcément les mêmes ressources. Or, comme chaque individu est différent d'un autre, chacun aborde la compétition avec des avantages ou des handicaps divers. Certains survivent. Si leurs caractères avantageux sont héréditaires, donc transmissibles à la génération suivante, ils se diffusent et augmentent au sein de la population. C'est ça, l'évolution.

– *C'est la survie des plus aptes ?*

– Survivent les animaux qui sont là au bon moment avec un avantage sur les autres. Il arrive que des bouleversements géologiques ou climatiques entraînent l'extinction d'espèces qui étaient jusque-là favorisées. D'autres, précédemment marginales, s'imposeront alors pour prendre la place et se développer à leur tour.

Armures et pieds articulés

– *Pendant longtemps, les animaux ont donc eu un corps mou. A partir de quel moment changent-ils d'aspect ?*

– Nous sommes au Cambrien, une époque qui a vu l'apparition d'une explosion évolutive et d'une exubérance animale extraordinaires : tous les grands groupes animaux, et bien entendu les plans de base des animaux actuels, sont nés pendant cette période, à partir de – 540 millions d'années. La principale faune est celle de Burgess, du nom d'un gisement de l'Est du Canada (Colombie-Britannique), où l'on a trouvé fossilisée dans l'argile schisteuse une foule d'espèces animales invertébrées pour la plupart munie d'une carapace. Environ 60 % des fossiles du Cambrien sont des « trilobites » qui font partie des crustacés et ressemblent un peu aux limules actuelles. Ils disparaîtront au cours de l'ère secondaire (vers – 230 millions d'années) comme 96 % des espèces. Mais pour l'heure, cette vie explose littéralement dans les milieux marins littoraux aux eaux riches en nutriments, en minéraux et filtrés par la lumière. On voit apparaître des coquilles, des épines, des carapaces, des boucliers, tous construits à partir d'éléments carbonatés et phosphatés, en somme du calcium et de la silice. Nos os et nos dents ne sont que des variations de cette gamme minérale. Le génie de la vie, on le voit, c'est d'être à la fois chiche et généreuse, de faire des merveilles avec peu.

– *Qu'est-ce qui a provoqué l'apparition de ces carapaces chez ces animaux ?*

– On pense que la carapace a fait office de protection dès l'apparition des premiers prédateurs. Ces trilobites sont des « arthropodes », un groupe auquel appartiennent les insectes et les crustacés. Ce qui est intéressant, c'est de voir que l'apparition de ces squelettes rigides externes, l'exosquelette, a entraîné celle des membres articulés et par là de nouvelles innovations en matière de locomotion.

– *Que veut dire « arthropodes » ?*

– Étymologiquement, « à pieds articulés ». Ces animaux possèdent des organes très évolués avec un système digestif, une circulation sanguine, un cœur, un cerveau et un système nerveux très développé ainsi qu'une foule d'organes et de poils sensoriels. A mesure que les formes de locomotion s'améliorent, le système nerveux et le cerveau se développent.

Premiers poissons

– *Comment expliquer la soudaine émergence de cette extraordinaire diversité animale ?*

– La vie est fondamentalement et fatalement condamnée à évoluer. Par définition, la vie, c'est se reproduire ! Dès qu'un nouveau plan d'organisation fait son apparition, une radiation se produit, c'est-à-dire l'explosion d'une pluralité et d'une diversité de formes invraisemblables. Puis suit une phase de sélection.

– *Le plan d'organisation propose et l'environnement dispose ?*

– C'est tout à fait ça.

– *Poursuivons l'histoire…*

– 120 millions d'années après l'apparition des premiers invertébrés multicellulaires, tout se passe encore dans l'eau et c'est au tour des premiers poissons vertébrés de voir le jour (les oiseaux et les mammifères en sont les lointains descendants).

– *Qu'est-ce qui les distingue des invertébrés ?*

– La présence le long du corps de l'animal d'une sorte de tige flexible et segmentée qui s'étend généralement de la région crânienne à la région caudale et que l'on appelle la « chorde » ou « corde ». Cette baguette élastique préfigure la colonne vertébrale primitive. Chez les vertébrés, la moelle épinière est enfermée à l'intérieur des vertèbres, alors que, chez les chordés, l'axe nerveux est situé dorsalement par rapport à cette fameuse tige. Le tube digestif se place en dessous. En avant, on trouve le cerveau. Dans l'évolution du vivant, c'est une étape très importante, car ce squelette interne va permettre plus tard la colonisation du milieu terrestre par des espèces de grande taille.

– *Ces premiers poissons vertébrés ressemblaient-ils à ceux que l'on connaît actuellement ?*

– Non. Les poissons d'aujourd'hui ne sont en aucun cas représentatifs du groupe ancestral. Les premiers vestiges de « poissons » ont été découverts en Chine du Sud et datent de 530 millions d'années. Ces animaux, petits, cartilagineux, vivaient au sein du plancton. Des fragments de cuirasses protectrices externes ont été retrouvés plus tard dans des strates rocheuses datant de

460 à 480 millions d'années. Ces poissons-là possédaient un squelette ossifié et vivaient au fond des mers peu profondes près des embouchures des rivières riches en détritus organiques. A cette époque, les fleuves et les mers sont peuplés d'agnathes, qui sont des poissons prédateurs dépourvus de mâchoires. Ils possèdent un corps allongé et cylindrique, sans dents ni nageoires, un peu comme les lamproies d'aujourd'hui, à la différence que leur tête est recouverte d'un genre de bouclier osseux. Ils se déplacent par ondulations du corps. 150 millions d'années après leur apparition, ces poissons se diversifient, certaines lignées disparaissent sans laisser de descendants, puis arrivent les premiers poissons osseux à mâchoires dont certains spécimens mesurent plus de 2 mètres de long.

La nage active

– *Là encore, n'existe-t-il pas une forme intermédiaire ?*

– A l'origine de ces vertébrés, on trouve effectivement une créature qui a la forme d'une limace à épines et que l'on appelle Pikaïa. C'est pour l'instant le seul représentant de l'embranchement des vertébrés dotés d'une musculature et d'une corde dorsale flexible, qui plus tard donnera la colonne vertébrale constituant notre lignée. Chez l'homme, les disques intervertébraux sont ce qui reste de cette corde originelle.

– *Ce nouvel appareillage modifie donc la locomotion ?*

– Bien sûr. Jusque-là, les animaux se déplacent sous l'effet de battements de flagelles, en faisant varier la pression interne, en actionnant des pattes en forme de rames comme celles des crustacés ou en expulsant de l'eau pour créer un effet de propulsion par réaction comme la nage pulsée et peu efficace des méduses. Avec Pikaïa, c'est la porte ouverte à la nage active, même si cet animal passe la moitié de son temps dans la vase et la boue.

– *Pourquoi ?*

– Parce que c'est là que se trouve l'essentiel de la nourriture à cette époque. L'option la plus rentable n'est donc pas de sillonner le milieu marin tous azimuts mais de rester au fond.

– *Résumons. Les arthropodes possèdent un squelette externe rigide, tandis que d'autres groupes animaux développent une colonne vertébrale cartilagineuse segmentée servant de points d'ancrage aux muscles. Les poissons cartilagineux voient le jour, ce sont les requins et les raies, suivis des poissons osseux. Et ensuite ?*

– De – 400 à – 350 millions d'années, les poissons osseux vont eux aussi se diversifier, abonder dans les océans primitifs, et on va assister à une fantastique diversification des formes, mobiles ou pas, à la surface des eaux ou dans les grands fonds. L'évolution va « travailler » au niveau du cerveau, du système nerveux et de la perception – en particulier l'olfaction – qui devient de plus en plus sensible à l'environnement extérieur. Parmi ces poissons, un groupe particulier, les Crossoptérigiens. L'anatomie des os de leur crâne révèle la présence de narines internes qui laissent passer un flux d'air : ils ont une respiration aérienne. Et, plus surprenant encore, ils possèdent des nageoires pectorales charnues très différentes de celles des autres poissons, dotées d'une chaîne d'os articulée.

De la nageoire à la patte

– Ces sortes de moignons préfigurent-ils les pattes des premiers vertébrés terrestres ?

– C'est effectivement une ébauche de patte qui a la forme et l'aspect d'une pagaie. Plusieurs lignées de poissons au sein de ce même groupe vont ainsi présenter ces dispositions particulières, évoluer, puis s'éteindre. Enfin, pas totalement, puisqu'il en reste aujourd'hui une espèce : le fameux coalacanthe, découvert il y a 60 ans au large des Comores. D'une couleur bleu métallique, mesurant 1,50 mètre de long, on le croyait éteint depuis 65 millions d'années ! C'est une taxidermiste du Muséum de Londres, Marjorie Courtenay-Latimer, qui découvrit ce poisson sur l'étal d'un marché, le naturalisa, puis envoya le dessin à J. L. B. Smith, spécialiste des poissons, à l'université de Grahamstown. Depuis 1952, plus de deux cents spécimens ont été capturés au large des Comores et récemment près de l'Inde, pour la plupart entre 100 et 300 mètres de profondeur.

– Depuis 65 millions d'années, ce coalacanthe n'a semble-t-il pas évolué, tout comme la méduse et les bactéries !

– C'est faux. Tout évolue malgré les apparences chez certains groupes. Ce qu'on appelle les « fossiles vivants » ont peu changé dans leur morphologie, mais on sait que leur génome, le fondement de l'hérédité, a changé.

– Cela prouve donc qu'aucune espèce n'est restée figée dans un état ancestral ?

– Exactement. Dans l'histoire des animaux que nous contons ici, nous avons choisi de suivre les étapes des grandes innovations. Cependant, les bactéries ont continué à évoluer, tout comme les arthropodes ou les méduses.

– De la bactérie à l'homme, il existerait donc une sorte de loi qui tend à accroître la complexité.

– Croire qu'il y a une recherche de la complexité dans l'évolution, c'est justement l'erreur dans laquelle il ne faut pas tomber. C'est tout le contraire : la vie va en se simplifiant. Preuve en est faite avec nos ancêtres les poissons du Dévonien qui possèdent trois fois plus d'os du crâne que nous. Il y a donc eu simplification.

– Vous considérez que l'homme est un animal beaucoup plus simple que les poissons d'autrefois.

– La beauté de l'évolution, ce n'est pas d'ajouter des éléments et de complexifier, mais de construire des systèmes qui fonctionnent le mieux possible à partir d'une base simplifiée. Dans la définition de l'évolution, on retrouve les vieux démons de la pensée chrétienne et de la philosophie occidentale qui nous ont fait croire que l'homme est au sommet de l'échelle des êtres et de la nature alors qu'il n'est qu'au sommet de sa propre lignée. L'homme est complexe et unique dans sa pensée, mais au niveau de son organisation, il est d'une banalité et d'une simplicité désarmantes.

A chacun son appendice

– *Nous sommes quand même très différents des autres espèces !*

– Les animaux paraissant très éloignés les uns des autres sont, en fait, bâtis sur le même schéma corporel. La forme externe se modifie, mais les schémas d'organisation interne restent fidèles à leur passé évolutif. Par exemple, le radius, l'humérus et les os carpiens d'un bras chez un être humain sont les mêmes chez une chauve-souris ou un dauphin. Les membres de tous les vertébrés sont disposés de façon similaire, mais leur forme et leur taille se sont adaptées à des modes de vie différents.

– *En somme, nous aurions en nous un peu de nos ancêtres poissons ?*

– Exactement. D'ailleurs, tous les animaux présentent au cours de leur développement embryonnaire des traces de leur histoire ancestrale. C'est un principe établi au XIXᵉ siècle par un naturaliste du nom d'Ernst von Baer. Les fosses que nous avons au niveau des joues, c'est ce qui nous reste, par exemple, du squelette de nos ancêtres les poissons. La comparaison des embryons de différents vertébrés montre que les premiers stades de développement sont identiques : tous, humains compris, au cours du développement embryonnaire, présentent une grosse tête, un cœur à deux compartiments, une queue et des fentes brachiales. Celles-ci forment aujourd'hui le canal auditif chez les mammifères. L'histoire évolutive de nos mains et de nos pieds à cinq doigts commence avec les tétrapodes à cinq doigts, il y a 370 millions d'années, par une surprenante étape dans l'évolution des vertébrés : le passage de la nageoire au membre. Tous les vertébrés, y compris l'homme, descendent de ces poissons à quatre nageoires en forme de pagaies.

– *Pourquoi cinq doigts ?*

– Les poissons munis de membres ont eu cinq, six, sept et même huit doigts. Pourtant, seul le plan à cinq doigts sera conservé. On ne sait pas pourquoi. Ce plan est enfoui très profondément dans le patrimoine génétique des vertébrés.

– *Tous les vertébrés ont en commun un appendice particulier qui est la queue. A-t-elle été d'une grande importance pour faciliter la sortie des eaux ?*

– Si la queue a, comme on s'en doute, une origine aquatique pour servir à la fois de gouvernail et de propulseur, elle va se transformer lorsque les amphibiens tenteront leurs premiers pas sur terre et ne cessera jamais plus de se spécialiser selon les lignées animales qui vont suivre. Aujourd'hui, il y a autant d'appendices qu'il existe d'espèces animales. Certaines queues servent à fournir des indices de communication au sein d'un groupe, d'autres à chasser les mouches, à séduire, à contrôler ses mouvements en servant de balancier, à détecter les vibrations du sol ou à stocker ses réserves énergétiques comme chez le castor. C'est donc une structure qui possède de multiples fonctions physiologiques, sexuelles, sociales, métaboliques…

– *Comment nos premiers vertébrés, munis de leur nageoire caudale, s'aventurent-ils hors de l'eau ?*

– Certains chercheurs pensent qu'il y a eu plusieurs sorties des eaux. Toujours est-il que, à cette époque, les fluctuations des mers continentales sont telles que, lorsque l'eau se retire, certains de nos poissons se retrouvent coincés dans des flaques. Ils « pagaient » de mare en mare à l'aide de leurs nageoires.

– Et, bien entendu, ils respirent de l'air ?

– Oui. C'est une particularité qui, on l'a vu, est apparue sans rapport direct avec les pattes. Les deux se sont développés de manière indépendante. Ces poissons possèdent des narines reliées à des poumons primitifs nés d'une modification de l'intestin originel qui leur permet de respirer hors du milieu liquide. Ce comportement se retrouve encore aujourd'hui chez certains poissons : les dipneustes, dont le nom signifie « double respiration », découverts en 1938, en Australie, en Amérique du Sud et en Afrique tropicale. Lorsqu'il y a de l'eau, ils vivent leur vie de poisson, et quand elle disparaît, en période de sécheresse, ils creusent un terrier pour éviter la dessiccation. Ils respirent alors grâce à leurs poumons par l'intermédiaire d'un petit filet d'air qui les relie à la surface. Pour se nourrir, ils puisent dans leur réserve énergétique. Il y a 350 millions d'années, ces animaux ont colonisé la Terre. Aujourd'hui, il n'en reste plus que six espèces.

Insectes géants

– *A quoi ressemble la Terre à l'époque où apparaissent ces poissons ?*

– C'est un continent unique de grande dimension : la Pangée, que l'on appelle aussi le continent des Vieux Grès Rouges. Les végétaux ont commencé la conquête de la terre ferme à partir d'un lit minéral il y a 430 millions d'années, à l'époque où apparaissent les poissons. 50 millions d'années plus tard, c'est au tour des plantes géantes de se développer, résultat d'une compétition pour l'énergie solaire, puis des insectes et autres arthropodes.

– *Ce sont aussi des insectes géants ?*

– Les premiers vestiges fossiles qui remontent à environ 380 millions d'années nous montrent qu'il s'agit d'insectes minuscules, dépourvus d'ailes, fouissant le sol. A la faveur du climat chaud et pluvieux du carbonifère et du développement des plantes à feuilles et à tige, les espèces d'insectes vont se multiplier. L'opportunité de coloniser un nouveau milieu ouvre la voie à toutes les diversifications. C'est l'âge d'or des insectes géants, des libellules de 1,20 mètre d'envergure, des araignées de 1 mètre de diamètre, des scorpions de 60 centimètres de long, mais aussi des éphémères, des pucerons, des cigales, des sauterelles, des scarabées, des moustiques, des mouches, des punaises...

– *Pourquoi certains de ces insectes sont-ils aussi gros ?*

– Parce qu'il n'y a pas de prédateur. Lorsqu'un plan d'organisation s'installe, le monde appartient à celui qui règne. Les premiers arrivés sont toujours les mieux lotis.

– *C'est ce qui explique aussi leur grande variété ?*

– Ils ont su s'adapter à toutes les niches écologiques. La preuve : aujourd'hui, 350 millions d'années après leur apparition, ils représentent 80 % du règne animal ! On en compte quelque 1,5 million d'espèces et on estime qu'il en reste à découvrir 3 ou 4 millions d'autres.

– *D'où viennent-ils ? Qui sont leurs ancêtres ?*

– Ils sont issus du milieu marin. Les crustacés, les insectes et les arachnides (araignées et scorpions) appartiennent tous à l'embranchement des arthropodes, ces fameux « pieds articulés ». L'exosquelette rigide de nos crustacés a donc servi les insectes pour se soutenir et leur éviter de se déshydrater avec le soleil et le vent sitôt à l'air libre. Privés de poumons, ils respirent directement par la peau.

– *Comment se sont-ils dotés d'ailes ?*

– Là aussi, ce sont des bricolages génétiques aussi simples que merveilleux. Une mutation peut transformer des antennes en pattes. Il en va des ailes des insectes comme des membres des tétrapodes. Un gène qui mute permet de passer des quatre ailes du papillon aux deux ailes de la mouche.

– *Comment sait-on tout cela ?*

– A la paléontologie classique et à l'étude des fossiles viennent aujourd'hui s'ajouter la génétique du développement et la biologie évolutive qui étudie la façon dont les organismes changent au fil des générations. C'est ce qui nous permet de savoir que l'œil à facettes des insectes et l'œil à cristallin des vertébrés sont construits sur le même plan génétique et descendent du même prototype. La formation de l'œil est universelle, des vers plats aux grands mammifères, dont l'homme, en passant par les insectes.

L'invention de l'œuf

– *Avec ce formidable garde-manger que représentent les insectes, les amphibiens, pourvus de leurs quatre pattes, vont se précipiter sur la terre ferme. Toutes les conditions sont désormais réunies pour que les vertébrés partent à la conquête de la Terre. Mais comment cela va-t-il se passer ?*

– Les amphibiens tétrapodes, c'est-à-dire à quatre membres, sont encore dépendants des eaux. Afin qu'ils se libèrent du monde aquatique, une révolution majeure va s'opérer au niveau de la reproduction. Jusqu'alors, les œufs sont pondus dans l'eau et fertilisés ensuite par le sperme du mâle : les larves éclosent et se métamorphosent sous l'influence d'une hormone orchestrée par des gènes architectes qui déterminent le schéma de développement des différentes cellules corporelles. C'est ce qui permet à un têtard ou à un alevin de se transformer en quelques semaines seulement : les branchies respiratoires du têtard laissent la place à une paire de poumons, sa queue disparaît et il lui pousse des pattes. Tout cela est fabuleux mais oblige les amphibiens à rester au bord des rivières. Vers – 330 millions d'années, certains d'entre eux vont s'affranchir des mares en emportant les œufs avec eux !

– *Comment ça ?*

– Pour la première fois, l'œuf va être fertilisé à l'intérieur du corps de la femelle. Il est pondu enrichi d'une coquille et d'un liquide amniotique dans lequel le jeune se développe à l'abri des éléments et de la malnutrition. Une poche contient le vitellus qui nourrit l'embryon ; une autre, l'allantoïde, stocke les déchets ; une troisième permet la diffusion de l'oxygène ; et la quatrième, l'amnios, le protège des chocs.

– *C'est une véritable révolution !*

– En effet, car elle va permettre aux vertébrés de rompre le cordon ombilical avec le milieu aquatique et de coloniser la terre ferme avec succès. Autre nouveauté : nos amphibiens humides, et donc sensibles au dessèchement, vont s'armer d'une peau plus résistante. Les reptiles, qui feront leur apparition plus tard, vont résoudre ce problème de dessiccation en développant une couche protectrice d'écailles osseuses qui donneront plus tard les plumes des oiseaux, à la faveur d'un astucieux « bricolage » génétique.

– *Ce sont ces amphibiens qui donnent naissance aux reptiles ?*

– Oui. Les reptiles sont apparus il y a environ 350 millions d'années. Ce qui n'empêche pas les amphibiens de continuer à évoluer, avec des embranchements qui conduisent aux milliers de salamandres, grenouilles et autres crapauds. Parmi les reptiles apparaissent les

41

tortues et les serpents, lesquels, à cette époque, possèdent des pattes qu'ils vont perdre par la suite.

– *Pour quelle raison ?*

– Parce qu'ils n'en ont plus l'usage. Contrairement à ce qu'on a cru pendant longtemps, la fonction ne crée pas l'organe. Par contre, l'absence de fonction détériore la forme, mais conserve parfois des vestiges. Le coccyx humain est semblable à la queue des autres mammifères. L'appendice vermiculaire, qui crée si souvent chez l'homme des appendicites lorsqu'il s'enflamme, est un vestige du caccum ou sac du gros intestin qui sert à digérer la cellulose des végétaux chez les espèces mangeuses de feuilles et d'herbes. De même, le pied du cheval dérive d'un membre ancestral possédant cinq doigts. Aujourd'hui, il ne reste plus qu'un doigt médian enfermé sous le sabot et des vestiges des os originels, les stylets. Ce sont là les preuves de l'évolution.

Chauffage d'appoint

– *Diversification aussi chez les reptiles ?*

– Bien sûr. Les reptiles sont des animaux à sang froid, c'est-à-dire que leur température dépend de l'environnement, avec toutes les conséquences que l'on imagine. Deux groupes de reptiles vont réussir à surmonter ce problème : le groupe des dinosaures et des oiseaux, et celui des reptiles mammaliens qui vont donner naissance à une flopée de mammifères carnivores et herbivores à partir de – 320 millions d'années. Tous vont développer un système perfectionné de régulation thermique interne : l'homéothermie. Ce système leur permet de se maintenir à une température corporelle constante grâce à un centre de contrôle situé dans le cerveau, lequel est relié à des cellules sensorielles qui détectent les moindres variations de la température extérieure. Plus tard, les poils et les plumes serviront à isoler l'animal du froid et du chaud et à minimiser la perte en eau en piégeant une couche d'air près de la peau. Ensuite, chaque espèce va inventer sa propre technique pour gérer au mieux son métabolisme. Le loir, la marmotte et l'ours, qui hibernent pendant l'hiver, ralentissent leur température et, de fait, leur dépense énergétique. Chez les éléphants, ce sont les oreilles vascularisées qu'ils agitent qui vont permettre à ces géants d'éliminer l'excès de chaleur. Chez l'homme et le cheval, c'est la capacité de suer.

– *La possibilité de réguler leur température corporelle a rendu les organismes de moins en moins dépendants de l'environnement ?*

– Exact. Avec l'homéothermie, la vie change de rythme. La capacité de maintenir une température stable, quelle que soit la température externe, autorise une activité constante. Cela a aussi favorisé l'adaptation à des milieux différents et a entraîné d'autres types de comportements liés davantage à l'apprentissage et à l'expérience qu'à l'instinct.

– *Vous avez dit que certains mammifères sont devenus carnivores et d'autres herbivores. Pourquoi l'évolution a-t-elle inventé des régimes si différents ?*

– Les animaux doivent se nourrir d'autres organismes. Si la nature abonde, elle est aussi économe : rien ne se

43

perd. Le vivant est tué, mangé et recyclé en permanence. L'alimentation et l'anatomie des animaux sont étroitement liées. Comme pour les mille et une manières de gérer son métabolisme, il existe aujourd'hui autant de régimes alimentaires qu'il existe d'espèces animales et de milieux écologiques. Les trois grandes classes comprennent les herbivores, les carnivores et les omnivores. Mais on peut ajouter aussi les frugivores, qui se nourrissent essentiellement de fruits ; les insectivores, spécialistes des insectes ; ceux qui se nourrissent de charognes ou de matières organiques décomposées et, bien entendu, les parasites qui vivent aux dépens des autres. La nourriture variée des régimes omnivores permet de s'adapter à toutes les situations et à tous les changements dans l'environnement.

– *C'est un gros avantage ?*

– Et en même temps un inconvénient, car la variété oblige à une quête perpétuelle, ce qui est une autre forme de dépendance.

– *Plus on est gros, plus on cherche à manger ?*

– Ce n'est pas une règle absolue. Un gros animal mange plus, mais relativement moins qu'un petit. Les herbivores passent leur temps à manger parce que les végétaux ont une faible valeur nutritive. Les carnassiers, comme les loups ou les lions, peuvent avaler une dizaine de kilos de viande en un seul repas et la digérer durant plusieurs jours. Le glucose récupéré dans le sang de leur proie leur fournit le sucre et donc le pouvoir calorifique indispensable pour courir et chasser. Les gros animaux, souvent très lents dans leurs mouvements, ont besoin de moins de nourriture que les petits. L'oiseau-mouche, qui pèse quelques grammes, tombe en léthargie durant la nuit pour conserver son énergie et absorbe plus de la moitié de son poids dans la journée. Une musaraigne doit consommer l'équivalent de son propre poids chaque jour pour éviter de mourir, alors qu'un éléphant de 3 à 8 tonnes n'absorbera que 5 à 10 % seulement de son poids, soit 150 kilos de végétaux en moyenne en saison sèche.

– *La grosseur est-elle un avantage dans le règne animal ?*

– Plus un animal est gros, moins les déperditions de chaleur sont importantes. Donc, oui, c'est un avantage pour économiser de l'énergie et stocker de la chaleur, mais aussi pour occuper une grande partie des niches écologiques disponibles et faire face à ses prédateurs. Plus on est gros, moins on investit d'énergie dans la locomotion, et plus on a de chances de vieillir. L'éléphant peut vivre jusqu'à 70 ans, alors que l'abeille est complètement usée après un été passé à voler sur plusieurs centaines de kilomètres. Toutefois, être gros présente aussi des inconvénients.

– *Lesquels ?*

– Plus un animal a la capacité de vivre longtemps, plus sa maturité sexuelle est tardive, plus l'éducation du jeune est longue. De fait, ils se reproduisent beaucoup moins vite que les espèces plus petites. Or, l'évolution « travaille » sur la variété, le nombre et la diversité des espèces animales. Une transformation importante dans l'environnement peut coûter la vie à ce genre d'individus confrontés à une faible densité de population, alors que de petits mammifères s'adaptent en reconstituant leur population sans trop de difficultés.

– *C'est ce qui s'est passé pour les dinosaures ?*

– En quelque sorte, oui…

CHAPITRE 2

Le temps des géants

Alors que la conquête du ciel est l'affaire des insectes, de curieux dragons s'aventurent sur la terre ferme. Ils vont régner en maîtres incontestés sur la planète pendant 150 millions d'années.

Dynasties de dinosaures

– *Quelle est l'origine du vocable « dinosaure » ?*

– Le terme « dinosaure » vient du grec *deinos*, qui veut dire terrible, et *sauros*, qui désigne les lézards. On doit ce nom à un médecin et paléontologue anglais, Richard Owen, qui, en 1842, eut l'idée de rassembler sous ce terme un groupe de fossiles découverts par Gidéon Mantell en 1825.

– *Quand débute le règne de ces fameux lézards ?*

– L'aventure commence au Trias il y a 245 millions d'années, s'épanouit au Jurassique et se termine à la fin du Crétacé, vers – 65 millions d'années. A partir du Jurassique, la Terre se divise en deux avec, d'un côté, le Gondwana dans l'hémisphère austral, constitué de l'Amérique du Sud, de l'Australie et de l'Antarctique et, de l'autre, la Laurasie, formée par l'Amérique du Nord, l'Europe et l'Asie. Une mer, Téthys, sépare le Nord du Sud. Dans cet univers tout à fait incroyable, les dinosaures vont dominer tous les écosystèmes terrestres pendant 150 millions d'années. Au cours de cette période, un climat chaud baigne l'ensemble des terres émergées. Il n'y a pas de glace aux pôles. L'élévation du niveau des océans entraîne l'étendue de mers continentales. La fragmentation des continents du Gondwana favorise l'installation de vastes mers littorales très riches en plancton. La Terre est un immense vivarium chaud et humide.

– Un paradis à reptiles ?

– Exactement. La végétation comprend encore beaucoup de fougères, les reines déchues de l'ère primaire. Les plantes dites « gynospermes » – pourvues de graines qui ne sont pas entourées d'un fruit – s'épanouissent. Elles ne ressemblent pas aux pins et aux épicéas actuels mais plutôt à des sortes de palmiers. L'image actuelle la plus proche nous est offerte par les forêts des marais Everglades de Floride. Il n'y manque que les dinosaures !

– Plusieurs dynasties de dinosaures se sont succédé au fil du temps ?

– En fait, plusieurs grands groupes d'une très grande variété : on connaît à l'heure actuelle 600 espèces de dinosaures. L'échelle de taille va du plus petit, pas plus gros qu'un poulet, aux herbivores diplodocus de 26 mètres de long et pesant 50 tonnes, en passant par l'incontournable et redoutable tyrannosaure, étymologiquement « le roi des lézards tyrans », d'une longueur de

15 mètres, d'une hauteur de 6 mètres et dont la gueule était garnie de dents en forme de poignards d'une longueur de 20 centimètres.

– *Connaît-on le mode de vie de ces grosses bêtes ? Avaient-elles par exemple le sens de la famille ?*

– D'abord, c'étaient des animaux à sang chaud, donc capables de maintenir une température interne constante, mais ils n'avaient pas un métabolisme aussi perfectionné que les oiseaux ou les mammifères, surtout pour les plus gros, à moins d'avoir inventé des systèmes de régulation que nous n'avons pas découverts à ce jour. Les dinosaures pondaient des œufs ; la plupart de ceux qui ont été retrouvés l'ont été dans des gisements datant du Crétacé dans le Sud de la France, en Espagne et en Mongolie. Certains dinosaures devaient couver à la manière des oiseaux actuels. Leurs nids étaient pour la plupart constitués d'une épaisse couche de végétation.

– *A quoi servait cette végétation ?*

– La fermentation des plantes procurait sans doute la chaleur et en même temps l'humidité nécessaires aux œufs. On peut supposer que, comme leurs descendants les oiseaux, les dinosaures ont eu des stratégies d'éducation des jeunes élaborées avec un fort investissement parental et peut-être même l'usage d'une forme de monogamie. 90 % des oiseaux sont monogames. Les couples restent ensemble jusqu'à ce que les poussins soient autonomes. Les parents devaient d'autant plus surveiller leurs petits qu'ils étaient fragiles au moment de l'éclosion. Un peu comme les crocodiles, capables de déplacer, de protéger ou d'aider les jeunes à sortir de leur coquille avec d'infinies précautions.

– Que mangeaient les petits ?

– On se demande si les parents régurgitaient de la nourriture ou si les jeunes étaient déjà capables de se débrouiller seuls aux alentours du nid. On s'interroge aussi beaucoup sur leur croissance. Comment ces bébés dinosaures si fragiles – certains ne dépassaient pas 200 grammes – pouvaient-ils devenir aussi gros, alors que leurs parents, herbivores ou carnivores, étaient incapables d'allaiter et donc de leur fournir des substances nutritives élevées comme peut le faire par exemple la baleine qui dispense quotidiennement à son baleineau environ une tonne de lait ? (La teneur en protéines de ce lait est deux fois plus grande que celle du lait des mammifères terrestres, raison pour laquelle un baleineau grossit d'une centaine de kilos par jour.) Comment se débrouillaient nos dinosaures ? On ne le sait pas très bien. On suppose que les jeunes devaient investir plusieurs niches écologiques au cours de leur croissance.

– Comment fait-on pour connaître le quotidien des dinosaures ?

– L'étude de la vie des dinosaures, la paléobiologie, est récente. Les interprétations semblent parfois osées. Mais on avance. Grâce à l'analyse des squelettes fossiles, les paléontologues peuvent deviner le comportement des animaux. Par exemple, les marques de morsures sur les os, l'usure des dents qui renseigne sur le régime alimentaire, le contenu des matières fécales fossilisées apportent des renseignements précieux. On a ainsi découvert que la plupart des dinosaures avaient un comportement grégaire, plus ou moins organisé. Des pistes de pas montrent qu'ils se déplaçaient en groupes,

mais on ne sait pas s'il s'agissait d'associations tempo-
raires ou de meutes durables.

– *Que sait-on encore sur leur mode de vie ?*

– Des traces de morsures indiquent des conflits : combats pour les femelles, contestations du statut hiérar-
chique ou simples bagarres pour se disputer une proie ?
On ne le sait pas non plus. L'analyse de leur squelette et
de leurs empreintes nous a en revanche permis d'envisager qu'ils avaient un mode de locomotion rapide,
actif, agile et puissant, alors que l'on pensait l'inverse.
On sait par exemple que le T-Rex (tyrannosaure) cour-
rait à 47 km/h, soit 10 km/h de plus que le record atteint
par un autre bipède, l'homme. Cela dit, je crains que
l'on soit passé un peu vite d'une conception figée des
reptiles lourdauds et peu actifs à un autre extrême qui
évoque par trop les mammifères actuels.

Fatales météorites

– *Les conditions de leur disparition, un sujet sur*
lequel s'affrontent près d'une soixantaine de théories
contradictoires, restent troubles. Où en est-on ?

– Il y a 65 millions d'années, à la fin du Crétacé, les
dinosaures disparaissent. Comment ? Assurément, l'histoire n'est pas claire. Disons que les deux hypothèses
qui paraissent être les plus sérieuses évoquent la chute
d'une météorite et des éruptions volcaniques. Dans le
premier cas, on pense qu'un gigantesque astéroïde aurait
heurté la planète. Pour certains, le cratère de Chicxulub
dans le Yucatan, au Mexique, d'un diamètre de près de

200 kilomètres et daté de 65 millions d'années, pourrait être la preuve de l'impact. Le choc de la collision aurait formé un immense nuage de poussière, voilant le soleil et engendrant des températures inférieures à 0 degré. Le refroidissement et l'absence de lumière auraient entraîné par la suite un ralentissement de la photosynthèse aboutissant à la mort des plantes, déséquilibrant toute la chaîne alimentaire, et provoquant ainsi la mort de la plupart des herbivores, puis des carnivores se nourrissant des premiers.

– *Hormis la trace de l'impact, qu'est-ce qui laisse supposer qu'il s'agit d'une météorite ?*

– On a découvert des traces d'un métal, l'iridium, que l'on ne trouve en fortes concentrations que dans les cailloux venus de l'espace, et on a observé des modifications de la roche qui ne peuvent apparaître que sous l'effet d'un choc puissant et de très hautes pressions. Cela dit, si l'iridium est quasi inexistant dans la croûte terrestre, il est présent dans les couches profondes de la Terre. Une poussée de magma à la suite d'éruptions volcaniques importantes a très bien pu ramener ce métal en surface.

– *C'est la seconde option ?*

– Oui. On a découvert des traces immenses de coulées de lave d'une épaisseur de 4 kilomètres (environ 2 millions de mètres cubes de lave !) dans le Deccan, au nord-ouest de l'Inde. A l'origine, il s'agirait d'éruptions volcaniques d'une intensité absolument démente, dont l'activité aurait duré 700 000 ans ! Les nuages de poussière et les énormes quantités de gaz carbonique auraient ensuite bouleversé le climat mondial, rendu les pluies et les océans acides et contrarié la photosynthèse. Dans cet enfer sombre, la météorite et ses effets ne sont qu'un grain de poussière. Par comparaison, l'éruption du volcan Perbuatan, en 1883, dans l'île de Krakatoa, en Indonésie, provoqua un raz de marée qui fit le tour de la Terre. Le refroidissement dû aux cendres est la cause de la plus grosse famine connue en Nouvelle-Angleterre l'année suivante. Plus près de nous, l'éruption du Pinatubo, en 1991, aux Philippines, est responsable d'une baisse de la température moyenne mondiale de 2 degrés !

– La disparition des dinosaures est-elle soudaine ou progressive ?

– Elle est brutale en regard de l'évolution, mais progressive sur le temps. Les dinosaures s'étaient déjà engagés dans une phase de déclin graduel. A cette époque, des changements climatiques entraînent des modifications de la végétation : un climat plus froid s'installe dans l'hémisphère Nord à partir de – 70 millions d'années qui favorise l'expansion de nos plantes actuelles. Les plantes à fleurs, les angiospermes, représentent, selon les endroits, près de 90 % de la végétation. Tout cela compose un environnement totalement différent de ce que les grands reptiles ont connu jusque-là. Le déclin des dinosaures s'inscrit dans ce contexte.

– La catastrophe cosmique ou géologique a donc été le coup de grâce ?

– En effet. Il y a un télescopage de plusieurs causes de nature indépendante.

– Il n'y a pas que les dinosaures qui vont disparaître...

– Bien sûr que non. D'autres animaux terrestres s'éteignent avec eux : des reptiles marins et des reptiles volants, des organismes marins ; au total 75 % des espèces animales et végétales de cette époque. Toutefois, tous les dinosaures n'ont pas complètement disparu, puisque les crocodiliens, les tortues et les oiseaux ont survécu et, bien entendu, les mammifères.

– *Est-ce la seule extinction massive dans l'histoire de la vie ?*

– Pas du tout. La vie géologique est profondément marquée par des extinctions massives. C'est une récurrence. Il y a 240 millions d'années, près de 95 % des espèces vivantes qui peuplaient la biosphère ont été réduits à néant. Depuis l'ère primaire, il y aurait eu sept extinctions de grande amplitude.

Le triomphe des mammifères

– *Quelles sont les conséquences de ces extinctions sur l'évolution ?*

– En général, elles agissent comme un stimulant : les formes de vie ayant survécu se diversifient pour utiliser les options offertes, occuper les niches écologiques libérées et en créer de nouvelles.

– *La fin des dinosaures donne donc la part belle aux mammifères et aux oiseaux ?*

– Pendant le règne des dinosaures, entre 145 et 65 millions d'années, les grandes lignées des mammifères se sont déjà mises en place. Les dinosaures ont été remplacés par les mammifères en quelques millions d'années, ce qui, sur l'échelle des temps géologiques, est très rapide.

– *D'où viennent ces mammifères ?*

– L'histoire des mammifères débute réellement à la fin de l'ère primaire, vers – 320 millions d'années. On l'a vu, la Pangée est partagée en deux. Au sud, le Gondwana va connaître un climat froid et tempéré. Un groupe de reptiles va s'adapter à ces nouvelles conditions.

– *Ce sont des reptiles ou des mammifères ?*

– Des reptiles mammaliens, c'est-à-dire qu'ils possèdent des caractères de mammifères.

– *Ils sont dominés par les autres reptiles ?*

– Justement, non. Ce sont eux qui dominent. Entre – 280 et – 200 millions d'années, on trouve une foule de reptiles mammaliens de grande taille, que l'on appelle « cynodontes », ce qui veut dire « à dents de chien ».

– *Alors pourquoi vont-ils s'éclipser à l'époque du Jurassique pour finalement revenir en force au début de l'ère suivante ?*

– Les dinosaures et autres reptiles vont marquer une parenthèse imposante dans l'histoire des mammifères tout simplement en raison du climat, plus chaud, propice aux reptiles.

– *Quand apparaissent les premiers « vrais » mammifères ?*

– Au cours de l'ère secondaire, vers – 180 millions d'années. Ils ont du sang chaud et des poils, ce qui est fort utile pour vivre sous des climats variables. Ils peuvent porter dans leur organisme un ou plusieurs embryons jusqu'à leur terme. Les petits restent auprès de la mère. Nourris au lait, ils profitent de cette dépendance pour apprendre par imitation les comportements propres à leur espèce. Les mammifères qui apparaissent donc à l'époque des dinosaures sont de petite taille, guère plus gros qu'un rat. D'un tempérament très discret, ils ne sortent que la nuit, ce qui leur permet de coexister avec les dinosaures.

– C'est curieux qu'ils soient petits...

– C'est vrai, c'est même exceptionnel dans une lignée évolutive. En tout cas, ils sont très vifs. La marche, la course, les réflexes deviennent rapides pour la quête de la nourriture. Les organes des sens s'affinent. La nourriture est assimilée plus rapidement grâce à la mastication et à une nouvelle dentition spécialisée. Les mammifères ne possèdent plus désormais que deux dentures : une de lait et l'autre, adulte et définitive. Certaines de ces dents incisent, les autres déchirent et broient, alors que chez les reptiles, toutes les dents sont identiques, coniques, sans racines et remplacées continuellement.

– Question rituelle : y a-t-il eu un stade intermédiaire entre le reptile qui pond et le mammifère qui allaite ?

– Sans doute, un animal du même type que l'ornithorynque d'Australie. C'est un mammifère ovipare qui pond des œufs mais qui allaite ses petits, sans toutefois avoir de mamelons : le lait suinte à travers la peau et les petits lèchent les poils ; il possède aussi un bec de canard, une queue de castor, des pattes palmées et, chez les mâles, une toxine logée à la base d'un ergot, ce qui en fait l'un des seuls mammifères venimeux. L'évolution a favorisé les placentaires qui dominent désormais la planète, même si l'on trouve des marsupiaux en Australie dont les petits se développent dans une poche que la mère porte sur le ventre.

– Pourquoi trouve-t-on des marsupiaux essentiellement en Australie ?

Au Crétacé, il y a 75 millions d'années, les marsupiaux se sont installés en Amérique du Sud, en Amérique du Nord, en Antarctique et en Australie. Lorsque ce dernier continent s'est détaché des autres voilà 45 millions d'années, il n'y avait à son bord que des marsupiaux, aucun placentaire.

– Lorsque les continents se séparent, que les courants marins se modifient et que les climats changent, les espèces s'adaptent ?

– Certaines disparaissent, d'autres survivent en évoluant. A l'époque où l'Australie et les marsupiaux se sont séparés du reste des continents, le pôle Sud, qui jouissait d'un climat tempéré, s'est brutalement refroidi. La majorité des poissons a disparu, sauf une lignée, les notothénioïdés, qui se sont adaptés au froid en fabriquant à l'intérieur de leur corps une sorte d'antigel. Chaque espèce survit comme elle peut.

Premiers fous volants

– *Pendant que les mammifères évoluent sur terre, une autre conquête se déroule : celle du ciel…*

– Oui. 150 millions d'années après les insectes, les reptiles inventent le vol avec les ptérosaures dont certains atteignent une quinzaine de mètres d'envergure. Pas de plumes, mais une peau tendue entre les doigts comme celle des chauves-souris. 50 millions d'années après ces reptiles volants, sorte de grands planeurs, apparaissent les oiseaux et, un peu plus tard encore, le seul mammifère volant, la chauve-souris, également désignée sous le nom de chiroptère, dont on connaît aujourd'hui près d'un millier d'espèces.

– *Les oiseaux descendent-ils de ces reptiles volants ?*

– Non, ils viennent d'un groupe de bipèdes carnivores dont l'effrayant tyrannosaure aux dents acérées. Les ancêtres des oiseaux étaient alors de petits animaux actifs sur lesquels sont apparues des plumes. Les plus anciennes traces nous ramènent à l'archéoptéryx, un oiseau découvert en 1861 par des ouvriers dans une carrière de Bavière, en Allemagne. L'argile qui a conservé l'oiseau remonte au Jurassique, c'est-à-dire il y a 150 millions d'années. De la taille d'un gros pigeon, l'archéoptéryx possède une véritable queue de lézard recouverte de plumes, une mâchoire dentée, des griffes sur le bord des ailes, caractéristique de ses origines reptiliennes.

– *Un drôle de piaf !*

– C'est peu dire. Les écailles qui recouvrent encore les pattes des oiseaux aujourd'hui témoignent bien de l'étroite parenté existant entre les oiseaux et les reptiles. L'archéoptéryx a longtemps représenté l'une des plus belles preuves de l'existence de ces chaînons. Or, on a trouvé récemment en Chine et en Mongolie des dinosaures à plumes dont les tailles vont de celle d'un aigle à celle d'espèces de près de 2 mètres. On se retrouve alors face à un schéma d'évolution non pas linéaire mais en mosaïque : certains fossiles ont des ailes d'oiseaux et des queues de dinosaures, d'autres ont une queue raccourcie terminée par des plumes.

– *Ils sont plus anciens que l'archéoptéryx ?*

– Oui, environ 200 millions d'années. Il faut imaginer un groupe de dinosaures coureurs, couverts de plumes sur les membres et la queue, dont les célèbres oviraptor et archéoreptor qui sont pour certains des prédateurs terrifiants, chassant les lézards et les mammifères. Certains volent bien mieux que notre archéoptéryx.

– *Pourquoi les oiseaux se sont-ils mis à voler ?*

– D'abord, le vol a permis de se protéger des prédateurs et de conquérir d'autres territoires. Avant que l'actuel faucon pèlerin puisse enregistrer des vitesses de pointe de 360 km/h en piqué, le processus qui a conduit au vol a été, comme toujours, progressif. On suppose qu'il est né de la course à pied des petits sauriens.

– *Et les plumes ? Pourquoi sont-elles apparues ?*

– En se modifiant, elles se sont spécialisées. Certaines, les rémiges, qui sont les plumes des ailes et de la queue, sont devenues nécessaires pour gérer l'orientation du vol, amortir les courants d'air, freiner l'atterrissage et bien entendu décoller. Une autre hypothèse serait une protection contre le froid, surtout chez les jeunes. Imaginez un jeune T-Rex couvert de duvet : quel poussin terrifiant ! Il est aussi probable que ces plumes aient pu acquérir une certaine utilité pour les parades sexuelles des mâles. L'amour donne des ailes, c'est bien connu ! On peut aussi imaginer des parades d'intimidation, on « hérisse » ses plumes pour se rendre plus dissuasif.

– Les plumes sont des écailles de reptiles transformées ?

– C'est ça. Elles sont constituées de la même kératine que les poils, les sabots, les ongles ou les griffes. Cette substance est elle-même constituée d'albumine. Il est d'ailleurs impossible qu'un animal développe en aussi grande quantité une substance nécessaire à la constitution d'un plumage au détriment du reste de son corps sans compenser avec une alimentation riche en cette matière.

– Et où la trouve-t-on, cette fameuse matière ?

– Dans les lézards, les œufs, les mammifères et les insectes qui abondent au sol et qui nécessitent, si l'on est un petit saurien, de courir très vite pour les attraper…

– … et un jour de décoller ?

– C'est à peu près ça. C'est encore dans les insectes et non dans le végétal que l'on trouve la graisse nécessaire à l'énergie locomotrice, car le vol consomme nettement plus d'énergie que toute autre activité. Imaginez la dépense énergétique d'une sterne arctique qui parcourt des distances de plus de 20 000 kilomètres, l'effort d'un colibri guère plus gros qu'un bourdon qui effectue plus de cinquante battements d'ailes par seconde et qui peut voler à 100 km/h, ou encore celle d'un albatros de plus de 3 mètres d'envergure qui doit courir sur plusieurs mètres pour amorcer un décollage. C'est d'ailleurs ainsi que devaient procéder les oiseaux-dinosaures avant d'aller se nicher dans les arbres !

Quand les baleines étaient des chiens

– *L'évolution a bien dû imaginer quelques astuces, non ?*

– La nature ne cesse de bricoler. D'abord, les poumons des oiseaux ont cette faculté de faciliter les échanges gazeux bien mieux que ceux des mammifères. Ensuite, leurs os sont creux : la moelle a été en quelque sorte remplacée par des sortes de sacs remplis d'air. Le résultat fournit une meilleure oxygénation et une grande légèreté, d'où des performances incroyables. Un des plus grands reptiles volants du Crétacé, le *Quezalcoatlus*, dont l'envergure dépassait 15 mètres, ne pesait pas plus de 15 kilos ! Pour ces derniers, leurs os ne sont pas « pneumatisés » mais carrément évidés ; ce ne sont que des tubes aux parois très minces.

– *Le vol battu ou plané grâce à deux ailes emplumées n'est pourtant pas le seul procédé qui a existé !*

– C'est vrai. D'autres adaptations se sont mises en place. C'est ainsi que l'on trouve des lézards, comme le dragon asiatique qui, lorsqu'il se laisse tomber d'un arbre, déploie une membrane de chaque côté de son corps lui permettant de planer, ce qui donne une idée du vol chez nos raptors. Les écureuils volants d'Australie ou d'Amérique du Nord procèdent de la même façon pour se déplacer d'arbre en arbre, tout comme certaines grenouilles, marsupiaux ou reptiles tel le serpent volant (*Chrysopelea ornata*) de plus de 1 mètre de long. Il y a aussi les lémurs volants de l'Asie du Sud-Est, des mammifères très proches de notre lignée de primates. Dans l'océan, on trouve même un poisson, l'exocet, qui semble voler au-dessus des eaux grâce à des nageoires hypertrophiées, ou le poisson-hachette, que l'on trouve dans les cours d'eau d'Amérique du Sud. Pour se nourrir d'insectes, il vole à la surface de l'eau en battant des nageoires pectorales comme le ferait un petit oiseau.

– *Que d'inventions ! On a l'impression que l'évolution propose chaque fois de multiples voies d'adaptation.*

– C'est cela. De multiples arrangements avec la vie qui déclinent toutes les combinaisons possibles.

– *Elle ne revient jamais en arrière ?*

– Jamais. Les poules n'auront jamais plus de dents !

– *Les baleines, à l'origine des mammifères terrestres, sont pourtant retournées à l'eau alors que les vertébrés ont mis des millions d'années à s'émanciper des océans.*

– Ce n'est pas une réversion opérée sur l'échelle de l'évolution, mais la pression de l'environnement qui les a contraintes à retourner dans le milieu marin. Les ancêtres de la baleine, proches de la souche des carnivores actuels, ont commencé à barboter il y a 55 millions d'années. *Mesonyx*, un représentant de la famille dans laquelle les cétacés puisent leurs racines, ressemble à une sorte de hyène qui vit le long des côtes et plonge pour pêcher des poissons. Un premier mammifère amphibie voit le jour 5 millions d'années plus tard. Les pattes se sont transformées en s'orientant vers l'extérieur, les narines commencent à migrer vers le sommet du crâne, les tympans se modifient. Il y a 40 millions d'années apparaissent enfin deux types de cétacés, l'un à fanons comme les baleines et l'autre à dents comme les cachalots. En somme, les baleines ont eu un stade intermédiaire ; elles ont été capables de vivre à la fois sur terre et dans l'eau, un peu comme l'actuel lion de mer, apparenté aux carnivores, qui lui aussi s'est adapté à la vie aquatique à tel point que ses quatre membres se sont finalement transformés en nageoires. La baleine a perdu ses membres postérieurs mais elle conserve, au niveau des nageoires pectorales, des phalanges et les restes d'une ceinture pelvienne. Elle est dotée de poumons et respire en surface. Toutefois, sa physiologie lui permet de rester un quart d'heure en plongée à 500 mètres de profondeur.

– *Comme les poules pour qui les dents ne sont plus qu'un souvenir, les mammifères marins et aquatiques ne retrouveront donc jamais leurs branchies d'origine.*

– En effet. Les gènes responsables de leur formation sont enfouis à jamais. La génétique du développement est basée sur un processus cumulatif, elle ne repasse pas les plats.

– *En tout cas, les géants n'ont pas totalement disparu.*

– La baleine et l'éléphant sont là pour en témoigner, tout comme l'araignée de mer géante qui vit dans les océans et atteint une envergure de pattes de 5,80 mètres. Ces espèces, comme les dinosaures, nous en imposent.

Mais n'oublions pas que l'homme est l'un des plus gros mammifères : 99 % des espèces sont plus petites que nous. Parmi les 200 primates actuels – dont nous sommes –, seuls les gorilles mâles pèsent plus lourd ; toutefois, ils ne sont pas plus grands.

Les mini-chevaux

– *Les espèces apparaissent, disparaissent, se modifient, expérimentent un tas de dispositifs à tous les niveaux comme si l'évolution avait un sens…*

– Non. Elle a un sens dans la mesure où l'on passe par des plans d'organisation hiérarchisés. Mais l'homme n'a jamais été « pensé », pas plus que le tyrannosaure, l'éléphant ou le cancrelat. La nature propose toujours une extraordinaire diversité grâce à laquelle de nouveaux caractères apparaissent. Ce besoin de croire aveuglément à un dessein, à une main divine ou à un « principe directeur » qui nous aurait « pensés » au sommet d'une prétendue hiérarchie nous fait oublier que nous sommes les derniers hominidés sur la planète des singes, tout comme les chevaux sont les derniers représentants de la lignée des équidés.

– *Parlons-en justement, le cheval a-t-il fini d'évoluer ?*

– Non. A l'origine, c'est un petit animal à cinq doigts, guère plus haut qu'un caniche. Aujourd'hui, c'est un modèle de quadrupédie taillée pour la course. Toutes les possibilités de variations sur la locomotion des équidés résultent de 50 millions d'années d'évolution et de diversification. Évidemment, si l'on jette un regard rapide depuis lc minuscule *Eohippus*, créature de l'Éocène, il y a 50 millions d'années, jusqu'au cheval actuel, on pense toujours, à tort, à une évolution directionnelle qui va vers la complexité ou l'efficacité, l'accroissement de la taille et la spécialisation. Alors que l'évolution n'a rien d'une course à Longchamp avec un départ et une arrivée en ligne droite ! Certains vont même jusqu'à évoquer la providence en pensant que l'espace qui existe entre les dents du cheval à un endroit précis de la mâchoire est apparu pour que l'on puisse y placer un mors !

— Si l'on regarde l'arbre évolutif des chevaux, on devrait donc trouver, comme pour toutes les espèces que nous avons rencontrées depuis le début de notre histoire, toutes les variations possibles et imaginables ?

— C'est exactement ça. Si l'on a l'impression que l'évolution va vers le cheval actuel, c'est tout simplement parce qu'ils sont les derniers survivants d'un groupe jadis florissant. Il y a seulement 3 millions d'années, à l'époque de l'australopithèque Lucy, les *Hipparion*, cousins des chevaux à trois doigts, galopaient dans les savanes. Si le cheval que nous connaissons actuellement n'avait pas rencontré l'homme, il aurait disparu pour être remplacé par les bovidés. C'est la même chose du côté de l'homme. Il y a 20 millions d'années, les ancêtres de l'homme, c'est-à-dire les hominoïdes, étaient nombreux et florissants dans les forêts d'Afrique. Les cercopithécoïdes ou singes à queue étaient quasi inexistants, avec seulement deux espèces au début du Miocène. Aujourd'hui, ces derniers comptent plus de 80 espèces, alors que les hominoïdes dont nous sommes ne représentent plus que 5 espèces. C'est faible. C'est la réussite de l'homme, mais le succès des singes.

L'environnement destructeur

– *Lorsque l'histoire de la vie nous est racontée, il est remarquable de constater que l'on se focalise pratiquement toujours sur ce qui est nouveau en oubliant tout le reste.*

– C'est juste. Lorsque les amphibiens débarquent, on pense qu'il s'agit d'une créature nouvelle et hautement évoluée par rapport au passé et, de fait, on en oublie les poissons, qui eux n'ont jamais cessé d'évoluer, de se diversifier, de subir des extinctions et des renaissances jusqu'à nos jours. Le plus grand succès de l'évolution des vertébrés est détenu par les poissons, avec plus de 20 000 espèces vivantes. De la même façon, les bactéries qui sont les premières formes de vie sont encore celles qui dominent en termes de biomasse dans la nature actuelle. La vision que nous avons aujourd'hui est celle d'un environnement créateur.

– *Et c'est faux ?*

– Bien sûr, l'environnement est destructeur. Il passe son temps à travailler sur la variété.

– *L'idée de la sélection naturelle est donc toujours pertinente ?*

– Un exemple classique est celui du pinson des cactus sur les îles Galapagos. 1977 a été une année de sécheresse et la nourriture s'est raréfiée causant la mort des pinsons qui ne trouvaient plus ni graines, ni fruits ouverts, ni insectes. L'année suivante, on a observé une variation de la grosseur du bec chez ceux qui avaient survécu.

– Pourquoi ce changement au niveau du bec ?

– La sélection naturelle a tout simplement favorisé les individus capables d'arracher les écorces pour trouver des insectes, briser les graines dures et ouvrir eux-mêmes les fruits. Autre exemple : dans le Pacifique, l'utilisation de filets conçus pour retenir de gros poissons et laisser s'échapper ceux d'une taille inférieure a favorisé la sélection de poissons de plus en plus petits. La pression locale exercée par l'environnement a entraîné cette modification et la naissance de nouvelles espèces à partir d'une seule initiale. Cela peut se passer en très peu de temps.

– On est loin de la théorie fixiste qui pensait que les êtres vivants ne changeaient jamais.

– L'observation des naturalistes comme Buffon au XVIIIe siècle a joué un rôle considérable pour bouleverser les idées reçues, et la science a dû s'affranchir en même temps de la théorie de la génération spontanée qui a dominé très longtemps. De l'Antiquité jusque vers le milieu du XVIIe siècle, on était en effet persuadé que les insectes, les souris, les crapauds naissaient spontanément de la boue, du fumier, de la vase. L'Italien Francisco Redi, en 1668, fut l'un des premiers à faire tomber cette conception erronée en montrant que les asticots naissaient des œufs pondus par les mouches.

– Darwin a tout changé au XIXe siècle.

– Oui. Il a bouleversé la vision de l'ordre du monde et fait face aux conservateurs en démontrant les lois générales de la sélection naturelle. A une époque fortement marquée par la religion, le fait même qu'il dénonce l'idée d'une puissance suprême dans l'émergence des espèces, y compris l'homme, lui a donné beaucoup de fil à retordre. Toujours est-il que les arguments et les découvertes de Darwin sont toujours d'actualité. Grâce à lui, nous avons découvert que les êtres vivants résultaient de transformations à partir d'ancêtres communs.

– *Et finalement d'une formidable interdépendance entre les individus et leur environnement ?*

– C'est vrai. La vie a modifié la terre qui l'a fait naître ; on l'a vu avec la libération de l'oxygène dans l'atmosphère. Depuis, les interactions n'ont cessé de se ramifier. C'est un peu comme lorsque l'on monte dans un arbre, la frondaison devient un entrelacs de plus en plus dense.

La reine rouge

– *La vie a « inventé » la coévolution ?*

– Je ne sais pas si « inventer » est le bon terme, mais il est clair que l'évolution parallèle de plusieurs espèces a engendré certaines formes de relations tout à fait particulières.

– *Une sorte de pacte ?*

– Plus précisément une symbiose.

– *Comme les bactéries qui vivent dans nos viscères ?*

– Ou comme l'équilibre délicat qui s'est installé entre les végétaux et les animaux. Les plantes « séduisent » les insectes, les mammifères, les oiseaux par leur odeur, lcurs formes, leurs fruits ou leurs couleurs, afin que ceux-ci les consomment et disséminent ensuite leurs semences dans la nature pour favoriser le flux génétique de leur population d'origine.

– Et, en retour, ils offrent aux animaux de quoi se nourrir.

– Oui. Il existe un lézard du désert dans le Nord du Brésil (*Tropidorus torquatus*) qui se nourrit des fruits d'un cactus (*Melocactus violaceus*) pour subsister. Si la présence de la plante est absolument nécessaire à la survie de l'animal, l'inverse est également valable, car les graines du cactus ne parviennent à germer qu'après avoir transité dans l'appareil digestif du lézard. En fait, cette coévolution a existé dès le départ, lorsque nos premiers organismes marins se sont armés d'une carapace pour faire face à leurs prédateurs. Ces derniers se sont, à leur tour, offert des pinces suffisamment efficaces pour venir à bout de la protection de leurs proies. Là, c'est la course aux armements.

– L'histoire de la vie animale telle que vous la racontez ressemble à une perpétuelle remise en question ?

– La vie est une dynamique en changement perpétuel. C'est l'histoire de la Reine rouge dans *De l'autre côté du miroir* de Lewis Carroll. La Reine de cœur dit à Alice : « Ma fille, il faut que tu coures le plus vite possible pour rester à ta place. » Appliqué à l'histoire évolutive des animaux, cela veut dire que, même si l'environnement reste stable, la compétition continue. Quand certains individus d'une population de même espèce acquièrent de nouveaux caractères – ce qui arrive tout le temps –, cela altère l'équilibre de la communauté écologique, entraîne des conséquences sur les autres populations, mais favorise certains individus par rapport à d'autres. Il faut donc courir pour garder sa place…

CHAPITRE 3

Les enfants de la sexualité

Au tour des mammifères de coloniser la planète. Parmi eux, un groupe d'insectivores au nez pointu et aux doigts griffus vivant dans les arbres va donner naissance aux primates. Un autre chapitre dans l'histoire des animaux commence avec l'irruption d'étranges singes, nos ancêtres.

Le sexe créateur

– *Si, aux origines de la vie, la mobilité a permis la conquête de nouveaux territoires, la sexualité a-t-elle servi la multiplication des espèces vivantes ?*

– Oui. La sexualité, née au début de la vie, a favorisé de nouvelles associations de gènes avec des mutations favorables, d'où une profusion d'espèces et d'individus.

– *Mais la reproduction sexuée n'a pas été le seul mode de reproduction, n'est-ce pas ?*

– On connaît la fragmentation des êtres unicellulaires comme la plupart des bactéries ou les amibes qui se clonent littéralement en se divisant en deux (c'est la mitose) ; ou encore le bourgeonnement des algues et celui des coraux. De nombreux animaux, comme les guêpes ou les femelles de pucerons, possèdent aussi cette faculté de se reproduire et de fabriquer une descendance sans copulation. Toutefois, chez les pucerons aphis, la sexualité réapparaît avec les premiers froids de l'automne.

– *Pourquoi ?*

– Parce que l'environnement n'est plus stable et que les œufs fécondés ont une meilleure résistance au froid. En fait, si chaque espèce restait isolée de la compétition avec les autres et dans un environnement absolument stable, la parthénogenèse triompherait. Mais il y a toujours quelque chose qui cloche, et la sexualité est là pour assurer la pérennité de la vie. On trouve encore une autre formule avec les espèces hermaphrodites comme les escargots.

– *Ils se reproduisent seuls ?*

– Pas du tout. Chaque individu possède à la fois des cellules corporelles qui jouent le rôle d'ovules et d'autres cellules celui de spermatozoïdes. Mais pour qu'il y ait descendance, il faut qu'un accouplement ait lieu.

– *Les espèces asexuées sont des espèces qui ont perdu l'usage du sexe ?*

– Oui. Parce que la sexualité était une trop grande dépense d'énergie pour elles. Le fait de se reproduire seules leur a permis de se reproduire plus vite, à moindre coût, sans le fardeau des mâles.

– *Si la reproduction sexuée n'est pas le seul processus, c'est en tout cas celui qui désormais domine. Pour-*

quoi l'évolution a-t-elle opéré une sélection en faveur des espèces sexuées ?

— Pour permettre justement à ces espèces de s'adapter en cas de modifications importantes dans l'environnement : disparition d'une source de nourriture, changement de climat, attaques de parasites, etc. La reproduction asexuée favorise, certes, la multiplication des individus mais, face à une transformation du milieu, l'apparition d'une mutation favorable est aléatoire et prend beaucoup de temps alors qu'avec le sexe une mutation se fixe et se diffuse plus rapidement.

Les risques de l'amour

— *La sexualité, moteur de vie, sert aussi à tisser des liens sociaux entre les partenaires ?*

— Bien sûr. De quoi favoriser une tolérance et une assistance chez les mâles.

— *La sexualité a nécessité que les animaux se rapprochent et échangent leurs gamètes, donc des organes génitaux.*

— Oui. Le pénis est né de l'adaptation à l'environnement terrestre ; il évite la dessiccation des gamètes. Les spermatozoïdes sont très fragiles, leur survie dépend de la température. C'est pour cela que les testicules se trouvent exposés à l'air et non pas protégés à l'intérieur du corps. De même, la fécondation par intromission du pénis dans le vagin assure une meilleure survie des spermatozoïdes.

— *Comment font ceux qui n'ont pas de pénis ?*

– Les stratégies sont multiples. Ils déposent leur sperme au petit bonheur la chance sur la terre, les branches, les herbes ou dans l'eau. Par exemple, les méduses mâles et femelles ne se rencontrent jamais. La femelle lâche dans l'eau ses ovules, lesquels émettent une phéromone qui attire les spermatozoïdes des mâles.

– *Pour qu'il y ait pénétration, il faut par définition qu'un couple se forme. D'où l'invention d'un tas de parades pour que l'union s'opère ?*

– Il y a autant d'astuces, de ruses et de moyens de séduction qu'il existe d'espèces animales. Les sternes, qui sont des oiseaux, font la cour aux femelles comme la font certains singes, en leur apportant de la nourriture qu'elles dédaignent ou acceptent. Pour un grand nombre d'oiseaux, la complexité de la mélodie a son importance. Plus elle est élaborée et plus le mâle a des chances de séduire. L'oiseau-lyre d'Australie est capable d'incorporer dans son chant les mélodies et les cris imités d'une bonne dizaine d'espèces d'oiseaux qui côtoient son territoire. L'oiseau à berceau de Nouvelle-Guinée, proche des paradisiers, sélectionne pour la femelle des coquilles d'escargot, des plumes, des baies et des morceaux de résine de couleur ambre. Et le poisson épinoche se livre à de fabuleuses parades nuptiales.

Histoires de couples

– *En définitive, les mâles de la plupart des espèces doivent montrer qu'ils sont capables d'offrir davantage que leurs rivaux ?*

– C'est ça, mais, dans bien des cas, la parade n'a aucune importance. Par exemple, c'est en jugeant de la qualité des excréments des mâles que les femelles salamandres à dos rouge d'Amérique du Nord font leur choix. Celui-ci va se porter sur les mâles dont les fèces renferment des termites, plus difficiles à se procurer mais meilleures que les fourmis. On dit que les femelles sont ainsi assurées de transmettre à leur progéniture le patrimoine génétique d'un individu fort et malin, mais ce genre d'explication me paraît quelque peu naïf. Tout cela relève en tout cas de la sélection sexuelle.

– *Encore une histoire de sélection !*

– Oui, elle se définit par trois composantes. La première est la compétition entre les mâles : plus l'accès aux femelles est l'objet d'une compétition, plus les mâles sont corpulents et munis de moyens dissuasifs : les cerfs et leurs bois, les babouins et leurs canines… Les mâles sont donc très différents des femelles. C'est ce qu'on appelle le dimorphisme sexuel. La deuxième porte sur le choix des femelles. Là, on pense aux parades, aux chants et aux multiples tentatives de séduction des mâles.

– *Les femelles choisissent toujours les vainqueurs des luttes ?*

– Non. Pas forcément. Parfois même, elles interviennent dans les bagarres comme chez certaines espèces de canards ou de singes. Enfin, une troisième composante touche à la taille relative des testicules : plus l'accès aux femelles est facile, plus elles sont nombreuses, et plus les mâles exhibent des testicules de grande taille de manière à inséminer davantage de sperme à chaque copulation, façon subtile d'assurer une meilleure chance de reproduction.

— *Les femelles font vivre aux mâles un véritable parcours du combattant !*

— Ces épreuves révèlent leurs capacités de géniteurs. Si les femelles sont trop exigeantes, il arrive que les mâles procèdent à l'accouplement sans y mettre les formes, mais en utilisant la force comme chez les mille-pattes, les bourdons des déserts d'Amérique du Sud qui copulent avec les femelles à peine écloses ou le solifuge, cousin des araignées, qui frappe sa compagne sur le sol avant de lui introduire sans prémices un petit sac rempli de spermatozoïdes (du nom de spermatophore) dans le corps ! Pour s'assurer de la pérennité de leur descendance, certains insectes et serpents déposent même sur leur partenaire, juste après la copulation, une substance particulière qui la rend définitivement indésirable pour tout autre prétendant.

— *C'est charmant !*

— Pas vraiment, mais très efficace.

— *Se reproduire est donc loin de se résumer à une simple partie de plaisir.*

— On l'a vu, un mâle doit dépenser une énergie folle pour séduire, mais pas seulement. Il doit veiller à ne pas mourir d'épuisement lorsqu'il est obligé, comme chez les libellules et les criquets, de se cramponner des jours entiers à sa partenaire. Il doit aussi échapper aux attaques des rivaux ou à l'appétit des femelles. On connaît le drame du mâle de la mante religieuse qui se fait dévorer après et même pendant l'accouplement. Chez les araignées nephila, le mâle qui s'avance sur la toile de sa belle est tenu de progresser en émettant les bonnes vibrations ; le cas échéant, il est dévoré sans plus de considération que n'importe quelle proie. Certaines lucioles imitent les signaux lumineux de leurs voisines pour attirer et manger les mâles… Quant à l'intervention du mâle, elle ne s'arrête pas toujours avec la fécondation. Les crapauds accoucheurs portent et soignent les œufs, tout comme l'hippocampe qui les expulse de sa poche ventrale le moment de l'éclosion venu. Les mâles albatros comme ceux de l'autruche, du kiwi ou du pingouin couvent leurs œufs ; les poissons combattants construisent le nid et veillent à la protection des alevins…

– *Que font les mères pendant ce temps-là ?*

– Elles poursuivent leur bonhomme de chemin, vont convoler ailleurs pour assurer la pérennité de l'espèce.

– *Ce sont les pères qui éduquent les jeunes ?*

– Ils les nourrissent et les éduquent dès la naissance.

– *Ces quelques exemples montrent l'inégalité de la « condition mâle » d'un groupe à l'autre.*

– C'est vrai. Chez les insectes, les mâles ne servent que de géniteurs. Pour la plupart dévorés, ils participent bien malgré eux au nourrissage des jeunes. Chez certains poissons, les mâles sont de simples réservoirs de spermatozoïdes. Par contre, chez les vertébrés, comme les oiseaux et les mammifères, les mâles s'investissent dans d'autres rôles.

Les pères célibataires

— Plus on grimpe dans l'échelle des mammifères, plus on constate que les liens sont forts entre les jeunes et les femelles ?

— Plus le système nerveux se complexifie, plus les soins destinés aux jeunes sont importants. Les pieuvres s'occupent de leur progéniture avec une grande attention, le plus souvent jusqu'aux limites de leurs possibilités physiques. Chez les oiseaux, les parents doivent couver simultanément pendant que l'un des deux part en quête de nourriture ; c'est pour cette raison que la monogamie est si fréquente chez les oiseaux. L'investissement parental des mâles est une condition nécessaire à la survie des jeunes.

— Et chez les mammifères ?

— Chez les mammifères, une gestation longue et la dépendance du jeune à la naissance installent et renforcent les liens. En général, les femelles se débrouillent très bien pour élever leurs petits, qu'il s'agisse d'espèces grégaires ou d'espèces solitaires comme les ours. L'investissement des mâles est moins fréquent. La monogamie n'est avérée que dans 5 % des espèces. Le fait que les femelles ne pondent pas libère les mâles de cette obligation d'assistance. Ils sont souvent protecteurs. On assiste aussi à des associations de femelles et de mâles dans des groupes où tous les individus se sentent concernés ; c'est le cas chez les baleines, les dauphins, les loups.

– *La monogamie n'est-elle pas une attitude fréquente chez les primates ?*

– Si, chez 17 % des espèces. A condition que la mère ait entretenu un lien de proximité avec le mâle qui permette à ce dernier de développer à son tour une relation avec le jeune et donc un investissement parental de sa part. Cela dit, on trouve aussi chez les primates tous les systèmes sociaux imaginables.

– *Là où il y a très peu d'investissement parental, la sexualité sert seulement à ce que les spermatozoïdes rencontrent des ovules. C'est la fameuse saison des amours.*

– Oui. Pour la grande majorité des animaux, la copulation n'a lieu que dans les périodes où la femelle est fertile. L'attraction sexuelle est dépendante de stimuli olfactifs ou auditifs. Par exemple, l'éléphante, dont la période de reproduction se manifeste une fois tous les quatre ans et pendant six jours seulement, fait connaître sa disponibilité grâce à l'émission d'infrasons perceptibles par les mâles à une distance pouvant aller jusqu'à 800 kilomètres.

– *Existe-t-il une espèce animale qui ne soit pas dépendante de la périodicité sexuelle ?*

– Pour la plupart des singes, cette périodicité n'existe pas, principalement chez les espèces dont le comportement sexuel est proche de l'homme. De même, l'attraction sexuelle peut être déterminée par des stimuli d'ordre visuel comme pour l'homme et les singes. On a vu des chimpanzés fous d'excitation en découvrant une photographie représentant la vulve d'une femelle en œstrus !

Le sexe « faible »

– La sexualité s'exprime différemment d'une espèce de singes à l'autre ?

– Oui, elle varie en fonction des structures sociales de chaque espèce. Les gibbons sont monogames ainsi que certains singes d'Amérique du Sud (ouistiti, tamarin). Les mâles orangs-outans sont en revanche de solides célibataires, vivant solitaires la majorité du temps, et ne rencontrent les femelles que pour s'accoupler avec elles. La société des babouins Hamadryas, elle, fonctionne suivant un schéma de type « harem » : un mâle domine et s'accouple avec plusieurs femelles, en général de une à sept. Chez les macaques, mâles et femelles s'accouplent avec plusieurs partenaires.

– Dans ces groupes multimâles, les femelles entretiennent-elles des relations avec les mâles en dehors de la période d'accouplement ?

– Tout à fait. Cela peut même aller jusqu'à la franche amitié !

– Et dans les « harems », les femelles s'accommodent d'un seul mâle sans problème ?

– Elles en donnent l'impression. Mais ce qui est drôle, c'est de voir qu'elles profitent de la présence, à la périphérie de leur groupe, de mâles célibataires qui vont et viennent, séduisent les femelles par le jeu, par des offrandes. C'est un processus très long, mais qui finit par payer puisque les femelles s'accouplent avec ces célibataires à la barbe du dominant. On a déjà effectué dcs tests de « paternité » dans ces groupes. Un petit sur deux est issu du mâle reproducteur. L'intéressé n'a jamais été mis au courant !

– *Les femelles font un peu ce qu'elles veulent, en somme.*

– Dans n'importe quel type de relations sociales, de type matriarcal ou harem, les femelles ne sont pas que soumises, elles choisissent et invitent leur partenaire sexuel. Elles mènent la danse avec beaucoup d'habileté. Les femelles babouins peuvent faire durer la cour assidue du mâle. Chez les chimpanzés, les femelles savent valoriser leurs charmes. Les femelles macaques copulent avec plusieurs mâles. On prétend qu'elles veulent faire croire ainsi aux mâles qu'ils sont les pères de leur futur rejeton, s'attribuant de la sorte leur bienveillance. On est surpris par la liberté et la tolérance sexuelles de ces animaux.

– *On dirait, à vous entendre, que les accouplements n'ont pas la reproduction pour seule fonction.*

– C'est juste. La sexualité est un élément important de la vie sociale, elle renforce les relations entre les membres du groupe, tempère les conflits. Chez de nombreuses espèces de singes, les accouplements s'observent tout au long de l'année, quelle que soit la phase du cycle œstrien de la femelle. Chez les bonobos, qui sont des chimpanzés pygmées, où les partenaires se font face pendant la copulation et qui utilisent toute une variété d'attouchements sexuels, la sexualité intervient comme facteur de régulation sociale. A cet égard, le découplage entre la sexualité comme facteur social et la fonction de reproduction est allé plus loin que chez l'homme.

Frère animal

– *Il n'existerait donc pas une rupture radicale entre la sexualité animale et la sexualité humaine ?*

– La recherche du plaisir, le renforcement de liens sociaux, les pulsions sexuelles dépendantes des taux d'hormones androgéniques sécrétées et propres à chaque individu, tout cela nous le partageons avec ces animaux. Mais il est clair que la dimension psychologique, fantasmatique et culturelle, le parcours historique et l'environnement de chacun jouent un rôle autrement plus important sur le comportement sexuel humain. L'homme est un être de culture. Nous avons des représentations mentales, des tabous. Mais les bonobos viennent nous troubler sur ce terrain de l'amour pas si bête.

– *Nous sommes donc bien plus proches des singes que nous ne le pensons ?*

– Bien que l'étude du code génétique date de l'après-guerre, il a fallu attendre la fin des années 70 pour avoir une connaissance approfondie des ressemblances et des dissemblances entre l'ADN (le constituant des chromosomes qui fixent l'hérédité de chaque organisme) des singes et le nôtre. Aujourd'hui, on sait que les humains partagent 98,4 % de leur ADN avec les chimpanzés et 97,7 % avec les gorilles. Une aussi forte proximité implique l'existence d'un ancêtre commun aux deux espèces ayant légué 99 % de son patrimoine génétique à chacun de ses descendants. Ces études comparatives ont donc montré que l'homme et le chimpanzé appartiennent à la même famille des hominidés, dans laquelle on trouve aussi le gorille et l'orang-outan. Toutes ces espèces, dont l'homme, descendent d'un même ancêtre commun hominidé.

– *L'évolution a donc créé un lien continu entre primates, hominidés et humains. Est-il alors raisonnable d'espérer découvrir ce fameux chaînon manquant ?*

– Ce chaînon manquant n'est qu'une élucubration de l'esprit : il n'existe pas. Les primates se sont différenciés des autres mammifères vers – 55 millions d'années. Les singes ancêtres de tous les singes actuels émergent vers – 35 millions d'années. La famille des hominidés n'est apparue quant à elle qu'entre – 10 et – 14 millions d'années après l'émergence de deux groupes distincts au début du Miocène : les cercopithécoïdes, ou singes à queue, et les hominoïdes qui dominent alors les forêts d'Afrique, un groupe dans lequel figurent les ancêtres communs aux hommes et aux grands singes actuels.

– *Cette idée d'un ancêtre commun choquait encore beaucoup l'opinion il y a seulement 150 ans.*

– C'est ce qui explique pourquoi le principe d'évolution a eu tant de mal à s'imposer. En fait, la différenciation homme-singe se serait ainsi déroulée avec un foisonnement d'essais évolutifs de manière plus complexe qu'on ne le croit. Sans surprise, les données fossiles nous révèlent une mosaïque de grands singes hominidés tous plus ou moins bipèdes, plus ou moins omnivores, qui vivaient autour des forêts d'Afrique entre – 5 et – 1 million d'années.

– *A quoi ressemblait le plus vieux primate connu ?*

– La première partie de l'ère tertiaire jouit à nouveau d'un climat chaud et humide. Les plantes à fleurs et à fruits peuplent les vastes forêts qui couvrent tous les continents. C'est une aubaine pour les oiseaux et les mammifères. Parmi ces derniers émerge un grand groupe adapté à la vie dans les arbres : les Archonta, dont font partie les primates. Nous sommes les enfants des arbres, des fruits et des fleurs. Le plus ancien primate est l'*Altiatlasius* du Maroc, daté d'environ 50 millions d'années. Il s'agit d'un petit animal insectivore de moins de 200 grammes qui ressemble aux tupayes actuels, sorte de musaraignes arboricoles d'Asie du Sud-Est. Rapidement, l'éventail des tailles s'accroît. Ils acquièrent des ongles et se déplacent habilement de branche en branche.

– *Quand apparaissent les singes modernes ?*

– Vers – 35 millions d'années, dans la région des tropiques, après qu'un bouleversement climatique élimine par le froid les primates répandus jusque-là dans l'hémisphère Nord. C'est la « Grande Coupure », une autre extinction marquée par une chute brutale de la température mondiale : les mammifères archaïques disparaissent et sont remplacés par d'autres lignées, qui, très rapidement, se diversifient. Nos singes vont occuper toutes les niches écologiques et vivre en groupes sociaux, ce qui leur permet entre autres de mieux se protéger des prédateurs. La vie arboricole a peu à peu développé des mains préhensiles avec un pouce opposable bien utile à la fois pour grimper, décrocher et manger des fruits et des insectes.

– *Les espèces de singes vont encore se diversifier ?*

– Les ancêtres des grands singes sans queue, tels les chimpanzés, les gorilles, les orangs-outans, se manifestent au Miocène (− 24 à − 5 millions d'années). Quant aux plus anciens fossiles hominoïdes, les proconsuls du Nord du Kenya, ils sont âgés de 25 à 20 millions d'années. Les proconsuls sont des quadrupèdes dépourvus de queue. Ils sont entourés d'autres hominoïdes de toutes tailles. Puis on perd la piste des hominoïdes en Afrique durant les 10 millions d'années qui suivent. On ne connaît pas notre dernier ancêtre commun. On sait seulement que la séparation entre les lignées qui donnent les chimpanzés et les hommes actuels s'opère vers − 7 millions d'années.

De branche en branche

— *L'utilisation et le développement de la main préhensile animale sont-ils liés au développement de l'intelligence et de la conscience qui va conduire à l'homme ?*

— En fait, tous les primates possèdent un pouce et un premier orteil divergent. Cependant, si le pouce se réduit chez certains singes (colobes), il devient opposable chez de nombreuses espèces (chimpanzés, géladas, hommes). Cette opposabilité ne se fait qu'entre le pouce et un seul doigt, sauf chez l'homme. Cela provient de la nécessité d'attraper les branches avec sûreté, surtout chez les espèces de grande taille.

— *La main préhensile munie d'ongles est-elle la principale transformation ?*

— Parallèlement s'est développée la vue, nettement plus importante en haut des arbres que l'odorat. De fait, le museau s'est progressivement aplati et les yeux ont migré vers l'avant, proposant une vision stéréoscopique. La boîte crânienne est devenue volumineuse.

– *Mais à quoi sert un gros cerveau ?*

– Nos études montrent que le cerveau est d'autant plus développé que les singes vivent dans des groupes sociaux importants. En fait, tout va ensemble : un gros cerveau exige une longue période de gestation pour son développement. De fait, toutes les périodes de la vie sont longues. Cela laisse du temps pour apprendre à vivre dans des environnements sociaux et naturels complexes. Cela nécessite aussi un régime de bonne qualité (frugivore, omnivore) ; mais comme de telles ressources sont dispersées, il faut, pour les acquérir, une bonne connaissance des distributions des ressources dans le temps et l'espace. Cela imposa des contraintes sociales très difficiles à gérer, avec des systèmes de communication et de reconnaissance sophistiqués. Pour gérer toutes ces informations, il faut un gros cerveau.

– *Passons de la tête aux jambes. On dit que la bipédie est née dans la savane. Pourquoi ?*

– Selon la théorie communément admise depuis les années 80, une fracture du Rift, de l'actuelle Éthiopie au lac Malawi au Sud, se serait produite à la suite d'importants mouvements géologiques. A l'Ouest, les forêts humides auraient continué d'abriter les ancêtres des gorilles et des chimpanzés, tandis qu'à l'Est, la savane naissante aurait contraint les primates à devenir bipèdes. Je n'y crois pas. Pour moi, la bipédie est née dans les arbres.

– *Comment ça ?*

– Depuis près de 15 millions d'années, nos ancêtres grands singes hominoïdes se suspendent. De fait, nous sommes habitués à la verticalité depuis longtemps.

– *Quel rapport avec la bipédie ?*

– Les grands singes actuels les plus doués pour la bipédie sont les gibbons et les bonobos, les deux espèces les plus arboricoles. Les bonobos se déplacent ainsi pour porter leurs jeunes ou de la nourriture, pour menacer, marcher dans l'eau, séduire, etc. Du côté des fossiles, tous les australopithèques, représentants du premier âge des hominidés, sont bipèdes, mais le sont aussi d'autres grands singes vieux de 9 millions d'années, comme l'ancêtre putatif des chimpanzés (*Ardipithecus ramidus*). La bipédie est « tombée » des arbres, c'est le fruit terrestre de la suspension.

Un singe parmi d'autres

– *Il y a 5 millions d'années, les australopithèques apparaissent : un groupe dont fait partie la célèbre Lucy exhumée en 1974 dans la vallée du Rift. Est-ce un animal ou une femme ?*

– Ni l'un ni l'autre, elle fait partie d'un groupe à part qui vivait à la fois dans les arbres et dans la savane. C'est d'ailleurs là tout le problème de la définition de l'homme qui est un animal, mais qui possède une conscience d'une nature particulière. Lucy avait certainement une conscience d'elle-même tout comme les chimpanzés. A défaut de fossile pour cette période, on peut dresser un portrait de ce dernier ancêtre commun.

– *Comment ?*

– Pour cela, il suffit de rassembler tout ce que les chimpanzés, les bonobos et les premiers hommes partagent. Une taille moyenne, 30 à 40 kilos pour 1 mètre de hauteur, un cerveau relativement développé par rapport aux singes, des canines peu saillantes, un régime omnivore et la vie dans des groupes d'une trentaine d'individus composés de mâles et de femelles.

– *Mais la conscience ?*

– Nous n'en savons rien. L'aire pariétale qui permet les associations est plus développée chez Lucy. C'est là que sont gérées les actions séquentielles pour se servir des outils, pour raisonner. Le volume n'est pas plus gros mais la structuration est différente. Les études expérimentales en psychologie comparée et surtout les comportements sociaux montrent que les chimpanzés sont doués d'empathie, de sympathie et d'une conception du bien et du mal. Ils agissent en ayant conscience de leur image face à un miroir, mais aussi de l'image qu'ils donnent d'eux-mêmes aux autres. Cela implique amitiés, inimitiés, politique, trahison, mensonge et rire. Quant à Lucy, son cerveau est de la même taille que celui des chimpanzés mais présente une organisation plus « humaine ». Nous savons depuis deux ans seulement qu'il existe une aire de Broca dans le cerveau des chimpanzés.

– *A quoi sert cette région ?*

– C'est un espace réservé au langage, localisé dans l'hémisphère gauche chez l'homme comme chez le singe. Il est fascinant de constater que les chimpanzés possèdent les structures qui permettent un traitement communicatif du même style que le langage. On appréhende mieux pourquoi certains chimpanzés comprennent et apprennent plus ou moins facilement le langage symbolique des hommes lorsqu'ils sont mis en situation d'apprentissage, ce que l'on fait depuis les années 60 à travers des expériences en laboratoire.

— *En se focalisant sur les australopithèques, on a peut-être eu tendance à oublier la nature même des chimpanzés.*

— Oui. L'étude du comportement et des mœurs de ces animaux n'a commencé à se développer que dans les années 60 grâce à Louis Leakey, puis aux travaux de l'une de ses célèbres élèves, Jane Goodall. Les observations faites sur les chimpanzés nous ont appris l'existence de nombreux comportements similaires aux hommes, tels que la capacité d'imiter, de mentir, de comprendre ce que ressent l'autre, de camoufler ou de montrer ses intentions, d'éduquer, de se réconcilier, d'utiliser des outils, de transmettre un savoir-faire, etc. Si nous partageons ces similitudes, ce patrimoine, c'est justement parce qu'il nous vient d'un ancêtre commun. Le fait d'étudier les chimpanzés nous aide à repenser la place de l'homme dans la nature.

— *Une fois que celui-ci va s'imposer, il va s'efforcer d'agir sur le monde animal.*

— Depuis la naissance de l'homme moderne, on estime que la Terre a abrité environ 100 millions d'espèces. On l'a vu, beaucoup ont disparu à la suite de bouleversements climatiques, géologiques. La dernière grande glaciation, qui nous amène au Néolithique, n'est pas du tout liée, comme on le pensait, à des modifications de la position de la planète sur son orbite, mais plutôt à des variations des courants marins. Le résultat a été catastrophique : toutes les grandes faunes de mammifères terrestres d'Amérique du Nord et d'ailleurs ont disparu.

Les esprits animaux

– *Les premiers hommes n'y sont donc pour rien ?*

– La pression des chasseurs du Paléolithique n'a pas été l'élément déterminant même si elle a très fortement compromis la survie de certaines espèces de vertébrés au moment des glaciations, comme les rhinocéros laineux ou les mammouths qui étaient des mammifères herbivores, un groupe rattaché aux éléphants. D'une taille de 3 mètres au garrot, avec des défenses de 5 mètres de longueur, ils ont peuplé une grande partie de l'Europe et de l'Amérique du Nord, qu'ils ont rejointe par le détroit de Behring. On a eu la chance de retrouver de nombreux individus momifiés, dont le premier en 1799 en Sibérie. C'est à cette époque et sous l'impulsion du naturaliste Cuvier que la paléontologie, la science des êtres vivants disparus, a vu le jour. C'est lui qui, par ailleurs, démontra en 1796 l'existence d'espèces éteintes et qui envisagea donc le renouvellement de ces faunes et de leur transformation. On a retrouvé un autre spécimen en Sibérie en 1999. Les derniers ont disparu il y a seulement 5 000 ans.

– *L'action de l'homme a été suffisamment importante sur la population des mammouths pour entraîner sa disparition ?*

– Pas vraiment. Même s'il y a eu une véritable civilisation du mammouth : ses os servaient de combustible, d'outils, de matériaux pour construire des maisons, fabriquer des sculptures ou des instruments de musique. L'habitat de ces animaux n'a cessé de rétrécir pour se limiter au Nord-Est de la Sibérie. Puis leurs effectifs se sont réduits et ont conduit à l'extinction. Dans un dernier sursaut, des mammouths, isolés sur des îles, ont donné des formes naines. Des mammouths nains : c'est la fin d'un règne !

– *De proie, l'homme est devenu prédateur. Les premiers hommes (Homo habilis) vont très tôt s'orienter vers un régime carné en grignotant les charognes, puis en devenant chasseurs. Et ils vont partager leurs trophées, c'est bien cela ?*

– Oui. Ce comportement de partage existe chez les chimpanzés chasseurs et renforce les liens sociaux. Mais l'homme, en devenant un super-prédateur capable d'abattre de grosses proies, va pouvoir conquérir tous les milieux. En effet, si tous les primates vivent dans la bande des Tropiques, c'est parce qu'ils dépendent des arbres pour leur nourriture, et ce n'est que dans ces régions que les arbres produisent fruits et feuilles toute l'année. En devenant chasseur, l'homme peut acquérir la seule nourriture qui se trouve partout et en toutes saisons : la viande !

– *Il va aussi se servir des animaux à d'autres fins, en les dessinant sur les parois des cavernes. Pourquoi cela ?*

– Ces peintures démontrent surtout que les hommes de cette époque avaient une profonde connaissance du milieu dans lequel ils vivaient. Pourquoi ont-ils peint des animaux ? Toutes les options ont été exploitées : l'expression d'une culture chamanique magico-religieuse, d'une représentation de la vie sous un angle purement artistique ou le résultat d'observations naturalistes nécessaires à la survie du clan. Il est très difficile de se représenter le mode de pensée des hommes de cette époque, même s'il existe des similitudes dans des sociétés traditionnelles actuelles. D'autre part, en des lieux différents, à la même époque, les hommes manifestent des styles et des représentations du monde différents.

– *C'est-à-dire ?*

– Les hommes de la grotte Chauvet sont des hommes de Cro-Magnon, comme ceux de Lascaux. Ils vivent dans les mêmes environnements, sont entourés des mêmes animaux. Les artistes de Chauvet, il y a 31 000 ans, peignent beaucoup d'animaux dangereux : rhinocéros, mammouths, lions, ours, alors que les herbivores restent peu représentés. Ceux de Lascaux, il y a 17 000 ans, figurent surtout des chevaux, des bisons et des aurochs ; les animaux dangereux sont rares et relégués dans les diverticules de la roche. Ainsi, les mêmes hommes, des *Homo sapiens* comme nous, avec des économies de subsistance de chasseurs collecteurs, ont adopté deux modes de représentation du monde différents. Ailleurs et aux mêmes époques, l'art rupestre des premiers Australiens et des premiers Américains (Paléoindiens) diffère considérablement. L'univers des croyances du Paléolithique se présente à nous sous une mosaïque de représentations qui nous émerveille, mais ne nous livre qu'une partie, même si c'est la plus belle.

– *Aujourd'hui encore, dans certaines ethnies, la relation établie entre le chasseur et sa proie est importante.*

Chasser n'est pas toujours une activité violente en soi dans la mesure où l'on s'oblige à ne tuer que ce qui est nécessaire et à demander pardon à l'esprit de l'animal.

– Oui, le dualisme qui, dans nos cultures, sépare la nature de l'homme n'existe pas chez ces sociétés traditionnelles de chasseurs-collecteurs. Pour eux, la différence entre les hommes et les animaux n'est qu'une question de degré, pas de nature. L'animal participe complètement à la construction sociale de ces peuples.

– *A quelle époque est née cette rupture dans notre système de pensée ?*

– Au Néolithique. En apprivoisant les végétaux et les animaux, l'homme s'approprie la nature. La dépendance accrue d'une survie liée à ses productions installe l'homme dans une subordination où son labeur n'est pas toujours récompensé. Le temps d'une nature prodigue devient celui d'un paradis perdu dont il a été chassé. Alors l'homme invente les sacrifices. C'est un arrangement avec les dieux qui sert l'homme, mais accouche de la condition animale.

DEUXIÈME PARTIE

La révolution domestique

CHAPITRE 1

L'animal apprivoisé

En devenant chasseur, en partageant la chair de l'animal tué, l'homme a pris le pouvoir sur la nature et la vie, il a inventé les relations sociales. Avec leur domestication, les animaux vont fournir encore à la civilisation humaine l'occasion de se développer, de se transformer et d'échapper à la nécessité immédiate à laquelle la nature sauvage l'avait jusque-là soumise.

Entre chien et loup

– Voilà donc nos ancêtres chasseurs-cueilleurs qui se sédentarisent, créent des villages, puis des cités. La domestication des animaux au Néolithique va permettre l'essor de l'espèce humaine et forcément bouleverser le cours de l'évolution de certaines espèces animales. Comment s'est déroulé ce processus ?

– **Jean-Pierre Digard :** Avant même le Néolithique, les premières domestications, qui sont le fait de chasseurs-collecteurs, ont eu lieu avec le loup, ancêtre du chien. Elles remontent à la fin du Paléolithique, vers 12 000 ans avant J.-C., dans les régions péri-arctiques, et entre 10 000 et 8 000 ans avant notre ère au Moyen-Orient et dans le Nord de l'Europe. Elles ont donc précédé de plusieurs milliers d'années les premières domestications des autres animaux, qui seront, elles, l'œuvre d'agriculteurs sédentarisés adoptant une organisation villageoise.

– *D'où vient le loup ?*

– *Canis lupus* apparaît vers – 2 millions d'années. Sa taille est inférieure à celui que nous connaissons actuellement. Si l'on remonte jusqu'à ses ancêtres les plus lointains, les *Miacoidea*, on apprend qu'ils ont vécu entre – 54 et – 38 millions d'années en Amérique du Nord. Il s'agissait à l'origine d'animaux arboricoles qui se sont progressivement adaptés à la terre ferme et sont devenus des *Canis* vers – 10 millions d'années.

– *Pour quelle raison les hommes ont-ils domestiqué le loup ? Par nécessité ?*

– L'homme a probablement domestiqué le loup sans se demander pourquoi il le faisait ! Le projet s'est construit au fur et à mesure d'un voisinage qui s'est étalé sur plusieurs milliers d'années. Des ossements de loups sur des sites d'occupation humaine ont été observés en différents lieux d'Europe dès – 700 000 ans, ce qui n'a rien d'extraordinaire en soi puisqu'ils vivaient sur un même territoire, consommaient des gibiers communs et à l'occasion devaient se chasser mutuellement. La découverte en Ukraine, sur un site daté de – 20 000 ans environ, d'une quantité importante d'ossements de loups laisse envisager que la fourrure de ces animaux a été utilisée pour vêtir la communauté qui vivait là. En revanche, il est peu probable que l'homme ait pris l'habitude de consommer cet animal tant sa viande est réputée peu comestible.

– Ce serait donc tout simplement la proximité qui aurait favorisé les contacts ?

– L'homme suivait les migrations des herbivores pour s'en nourrir, le loup aussi. On peut tout à fait imaginer que le premier a observé les techniques de chasse du second et s'est posté sur le trajet des bêtes poursuivies par lui. De son côté, le loup s'est rapproché des campements pour se nourrir des déchets humains. Puis à un certain moment, les hommes ont dû recueillir des petits d'adultes tués. Par curiosité, sans doute, et pour satisfaire un besoin ludique de posséder un petit animal.

– Et ensuite ?

– Les louveteaux ont été probablement donnés à élever aux femmes qui les ont nourris en leur proposant de la nourriture prémastiquée, voire en les allaitant, bien que rien ne nous en fournisse une certitude absolue.

– Alors, qu'est-ce qui vous le laisse supposer ?

– L'allaitement des animaux par les femmes est une pratique que l'on rencontre encore fréquemment dans de nombreuses sociétés lorsque les chasseurs rapportent au village les petits d'animaux sauvages tués. Dans certaines régions de Sibérie, en Amazonie, en Océanie, en Tasmanie, en Afrique et ponctuellement partout en Europe, il est fréquent de voir des femmes allaiter des animaux sauvages qu'elles conservent ensuite auprès d'elles. Elles nourrissent ainsi des chiots, des gorets, des pécaris, des singes, des faons, des agneaux…

– Quelle place ces animaux occupent-ils ensuite ?

– Les relations sont le plus souvent affectueuses. Les animaux deviennent des compagnons pour les enfants, font office d'éboueurs ou de chaufferettes pour lutter contre le froid des nuits. En France, au siècle dernier, les chiots tétaient les femmes pour les soulager d'une trop grande production de lait ou au contraire pour faciliter la montée de lait. Il arrive aussi que les animaux servent certaines pratiques religieuses, comme l'ours apprivoisé des Aïnous d'Hokkaïdo, au Japon.

– En quoi consiste le rituel ?

– Les femmes Aïnous allaitent au sein de jeunes oursons ravis tout petits à leur mère. Ils grandissent avec les enfants et la famille. Vers l'âge de trois ans, au cours d'une fête annuelle qui est célébrée en automne ou au milieu de l'hiver, l'ours est emmené à travers le village pour une procession cérémonielle. On le blesse ensuite avec des flèches et, lorsqu'il est devenu furieux, on le tue, généralement en l'écrasant entre deux poutres. Les femmes exécutent des danses en son honneur, puis pleurent l'ours, et on mange sa chair et ses entrailles au cours d'un festin réunissant toute la communauté. Pour ce peuple, l'esprit de l'ours, qui est perçu comme un messager des dieux, retourne après sa mort dans les mondes supérieurs.

– Pourquoi le font-ils souffrir ainsi avant de le tuer ?

– Pour rendre son exécution psychologiquement moins difficile. Chez les Sibériens, l'ours est nourri de bouillie avant son sacrifice, puis on le tue, tandis que les femmes entonnent un chant funèbre.

– On peut donc supposer que la première étape de la domestication du loup au Paléolithique a été l'apprivoisement dès son plus jeune âge ?

– Oui, une des premières étapes mais pas la seule. Les toutes premières semaines de la vie d'un louveteau ou d'un chiot jouent un rôle décisif dans la formation des liens sociaux que l'animal va par la suite entretenir avec son environnement. L'empreinte est un moyen de domestication efficace et passe par les contacts physiques et l'apport d'aliments avant même le sevrage du petit animal. L'empreinte humaine modifie le comportement de l'animal. L'attachement en est le résultat.

– D'où la possibilité d'une relation à plus ou moins long terme ?

– La possibilité mais aussi la nécessité, car l'apprivoisement d'animaux n'a pu déboucher sur la domestication que parce qu'il venait compléter le vieux compagnonnage de l'homme et du loup, notamment à la chasse.

– Les loups recueillis ont-ils pu devenir des auxiliaires de chasse ?

– Ils le sont devenus d'autant plus facilement que leurs congénères sauvages jouaient déjà ce rôle en rabattant le gibier qu'ils traquaient vers les chasseurs embusqués. A cette époque, un changement climatique a bouleversé la répartition de la faune herbivore dans les plaines ; de fait, l'homme a dû faire face à des proies plus rapides. Il s'est adapté, a fabriqué de nouvelles armes plus maniables et s'est sans doute servi du loup apprivoisé comme compagnon de chasse pour pister et surtout poursuivre le gibier. En étudiant les peuples

Bochimans, on s'est rendu compte, par exemple, qu'un chasseur-cueilleur assisté d'un chien ramenait trois fois plus de gibier qu'un chasseur sans auxiliaire.

– *Le loup apprivoisé s'est donc retrouvé tributaire de l'homme pour se nourrir. Comment est-il devenu chien ?*

– L'homme remplissant la fonction du chasseur qui partage ensuite la viande, le loup est en effet devenu dépendant de ce dernier ; les facultés sensorielles dont cet animal avait besoin pour chasser par lui-même ont peu à peu disparu. Avec le temps, nos ancêtres ont certainement opéré une sélection sur les individus qu'ils ont conservés auprès d'eux, préférant les sujets habiles à la chasse mais soumis, malléables, peu farouches. A mesure que s'est faite la reproduction des loups domestiqués, les générations qui ont suivi ont perdu certaines des qualités de l'animal sauvage originel pour évoluer vers le chien. L'animal est devenu plus petit, son profil s'est modifié, son museau s'est raccourci. C'est ce que l'on appelle la « néoténie domesticatoire », c'est-à-dire la persistance de traits infantiles chez l'adulte.

La grande illusion

– *Y a-t-il une grande différence entre apprivoiser et domestiquer ?*

– Un animal apprivoisé, c'est-à-dire familiarisé par l'homme, peut ne pas être domestiqué dans la mesure où il ne fait l'objet d'aucune sélection par l'homme. Car la domestication, c'est justement l'état d'un animal qui ne vit et ne se reproduit que sous le contrôle de l'homme.

– *Si l'on suit cette définition, le plus domestique des animaux serait donc le chien ?*

– Pas du tout. C'est un papillon ; plus précisément, le bombyx du mûrier, dont on utilise la soie issue des cocons. C'est un animal dont l'existence est totalement artificielle : les œufs n'éclosent qu'à une certaine température ; la larve – le ver à soie – se nourrit des feuilles de mûrier fournies par l'homme, et le papillon ne vit que quelques heures pour se reproduire… Le jour où l'exploitation de la soie naturelle n'intéressera plus l'homme, cette espèce disparaîtra dans les quelques jours qui suivront.

– *La domestication demande du temps ?*

– Oui. Pour se maintenir, la domestication doit forcément être un processus continu, entretenu, sans cesse renouvelé, sinon les animaux peuvent retourner à l'état sauvage. Cette action permanente s'exerce en élevant une espèce animale, en la protégeant des intempéries, des prédateurs, des maladies, en la nourrissant et en favorisant et contrôlant sa reproduction. Cela dit, les modalités de la domestication varient en fonction des espèces concernées et aussi des utilisations que l'homme en fait. A côté des animaux domestiques, comme le chien ou le bœuf, pour lesquels l'action de l'homme est permanente, il y a ceux que l'on élève en semi-liberté, comme le renne ou les abeilles ; il y a aussi les taureaux de combat ou les chiens de défense des troupeaux, des Pyrénées (les patous) à l'Himalaya (les dogues du Tibet), chez lesquels la domestication ne doit pas gommer l'instinct belliqueux.

– *La frontière entre le monde sauvage et le monde domestique reste apparemment illusoire ?*

– Il n'existe pas d'un côté des espèces animales sauvages et de l'autre des espèces domestiquées, mais environ deux cents espèces animales sur lesquelles l'homme a exercé à un moment ou à un autre, d'une manière ou d'une autre, une action domesticatoire. Et ces espèces sont aussi bien représentées par des animaux sauvages, tels l'autruche, le renne et l'éléphant, espèces qui comptent en même temps des sujets sauvages et des sujets domestiqués, que par des animaux véritablement domestiqués, tels le chien, le bœuf ou le bombyx. Cela dit, même domestiqués depuis des millénaires, le chien et le bœuf peuvent retourner à l'état sauvage. On connaît aussi des exemples d'espèces animales dont la domestication a été abandonnée, comme la gazelle et la hyène en Égypte ancienne ou la genette et la couleuvre utilisées chez les Romains et au Moyen Âge dans la lutte contre les rongeurs.

– *Aucune espèce animale ne peut donc être considérée comme définitivement domestiquée ?*

– Non. Hormis le bombyx ! L'inverse est également vrai : aucun animal sauvage n'est à l'abri de toute tentative de domestication. Pour exemple, il existe aujourd'hui des fermes d'élevage du kangourou roux en Australie, de l'éland en Afrique du Sud, de l'élan en Russie, des crocodiles un peu partout et même en France.

Éboueurs et pilleurs

– *Peu après le loup, l'homme du Néolithique a-t-il eu des motifs utilitaires de domestiquer d'autres espèces animales ?*

104

– Pas davantage. Les raisons de domestiquer les animaux sont apparues une fois la domestication réalisée. On ne voit pas bien ce qui l'aurait motivée : les mouflons, souches sauvages des moutons domestiques, ne possèdent pas de laine ; les oiseaux dans la nature ne pondent pas au rythme des poules actuelles ; les vaches ne produisent pas de lait en dehors de la période d'allaitement des veaux ; et comment aurait-on pu imaginer avant de les avoir domestiqués qu'un bœuf ou un cheval pourraient être utiles au travail ?

– *Alors, quel a été le moteur ?*

– Le besoin de dominer la nature, un désir de pouvoir et de séduction sur l'animal, une profonde curiosité intellectuelle.

– *Une pulsion en somme ?*

– ... domesticatrice, en effet.

– *Et cette « pulsion domesticatrice » s'est-elle matérialisée en un lieu unique ou à plusieurs endroits simultanément ?*

– On a longtemps pensé que le Proche-Orient, en particulier la région du Croissant fertile, était l'un des lieux principaux de la domestication. D'autres découvertes archéologiques ont ensuite montré que la domestication ne fut pas un phénomène isolé, mais qu'elle s'est effectuée de façon plus ou moins simultanée dans plusieurs régions du monde, y compris en Amérique. Les migrations humaines ont ensuite participé à la diffusion de techniques domesticatoires et à l'essaimage de certaines espèces à travers les continents. Certaines régions, notamment en Afrique et en Océanie, ont cependant été plus pauvres que d'autres en matière de domestication animale.

– *Pour quelle raison ?*

– Peut-être parce que la nature y était plus généreuse qu'ailleurs et que le besoin d'autres ressources s'y faisait moins sentir.

– *L'agriculture existait-elle déjà au moment des premières domestications ?*

– La domestication des animaux a suivi de peu celle des végétaux. Il semblerait que les animaux soient venus à l'homme poussés par la faim. La présence des déchets et des récoltes a été l'un des grands moteurs de la domestication : les futurs animaux domestiques sont tombés sur les premiers champs et se sont rendu compte que ces récoltes ou que les déchets humains – dans le cas des loups ou des sangliers – pouvaient satisfaire leur faim avec un moindre effort.

– *Vous voulez dire que la domestication s'est aussi exercée sur des animaux pilleurs de récoltes ?*

– Oui. Ce pillage a d'ailleurs sans doute été salutaire pour certaines espèces comme le cheval. Rappelons que les premiers vrais chevaux apparaissent en Asie par le détroit de Behring asséché et deviennent très abondants en Europe à partir du Pléistocène moyen, il y a quelque 700 000 ans. Le réchauffement climatique du début de l'Holocène, il y a environ 10 000 ans, provoqua l'extinction de nombreux grands mammifères de l'hémisphère Nord (mammouths, rhinocéros laineux, grands cerfs des tourbières) et la quasi-disparition des chevaux. On peut penser que ceux-ci n'auraient pas survécu sans la rencontre des hommes et de leur agriculture, ni peut-être même sans leur domestication, qui s'est effectuée progressivement à partir de 4000 avant notre ère au sud de l'Ukraine.

— Une manière de se protéger des pilleurs a donc été de capturer les animaux pour les élever, plutôt que de les tuer ou de clôturer les champs ?

— Il a été sans aucun doute plus avantageux d'élever ces animaux pour à la fois s'en protéger et en tirer profit. C'est l'un des trois principaux processus domesticatoires. Le premier a la chasse pour origine : à force de traquer les animaux, de suivre les déplacements des hardes, de pratiquer sur elles une « chasse sélective » – en visant de préférence les animaux malformés, les mâles en surnombre, les femelles âgées, etc. –, les hommes préhistoriques ont approfondi leur connaissance des animaux et ont inventé une forme élémentaire de « sélection » sans laquelle il ne saurait y avoir de domestication vraie. Le deuxième processus de domestication, nous venons de le voir, est lié à la naissance de l'agriculture et à la nécessité, pour les premiers agriculteurs, de protéger leurs champs contre les incursions des herbivores sauvages « pilleurs de récoltes ». Il était en effet techniquement plus facile de pousser les herbivores dans un enclos – c'est la technique du *corraling* – que d'enclore les champs.

— De plus, ils faisaient d'une pierre deux coups : ils protégeaient leurs récoltes et se constituaient des réserves de viande sur pied.

— Mais, ce faisant, ils s'imposaient aussi de nourrir les animaux qu'ils détenaient, soit en produisant plus de denrées agricoles, soit en menant paître les animaux, ce qui supposait le contrôle des troupeaux. Là se situe, au Moyen-Orient, vers la fin du Néolithique, un choix déterminant pour l'évolution humaine entre agriculture dominante et genre de vie villageois sédentaire d'une part, ou élevage dominant et genre de vie pastoral d'autre part.

A poils et à plumes

— Et le troisième processus de domestication ?

— Il concerne les herbivores : l'âne en Afrique orientale, le cheval en Asie centrale et le dromadaire en Arabie. Vers 3 000 ans avant notre ère, ils sont appelés à devenir des animaux de transport, grâce auxquels le genre de vie pastoral va gagner en mobilité et donc, en milieu aride, en efficacité, et se transformer peu à peu en genre de vie nomade.

— Après la domestication du loup au Paléolithique supérieur, celle des autres espèces a donc eu lieu au début du Néolithique ?

— Oui. Et elles vont se succéder assez rapidement. La chèvre a été domestiquée pour la première fois vers 10 000 ans avant J.-C., le mouton vers 9 000, le porc aux alentours de 8 000, le bœuf, l'âne, le chat, le dromadaire, le cheval, entre 4 000 et 3 000 ans avant J.-C.

— Connaît-on l'origine de tous ces animaux ?

— Domestiqué en plusieurs endroits d'Europe orientale et du Moyen-Orient 9 000 ans avant J.-C., le bœuf s'est répandu dans le monde, à l'exception de l'Amérique. Son ancêtre sauvage était l'aurochs (*Bos primigenius*), qui vivait jadis en Europe, en Asie occidentale et en Afrique du Nord. Cet animal a été chassé et peint à l'époque préhistorique. Le dernier spécimen s'est éteint en 1627 en Pologne. Ailleurs, toujours dans la famille des Bovidés, on trouve le zébu, une espèce des régions arides, domestiqué au Pakistan et introduit en Afrique sous forme de croisements. En Asie du Sud-Est d'où il diffuse jusqu'en Italie, on trouve le buffle d'eau, utilisé encore aujourd'hui dans la culture des rizières, et le yack, recouvert d'une épaisse toison laineuse, qui vit au Tibet.

– *Les moutons ?*

– Leur origine la plus probable est celle du mouflon oriental d'Asie Mineure qui aurait été domestiqué vers – 9 000 dans les montagnes d'Iran occidental. La chèvre descend, elle, de *Capra hircus*, une espèce de chèvre sauvage existant encore aujourd'hui en Crète. Quant au porc, il a été domestiqué à partir de sangliers, simultanément dans plusieurs régions d'Europe, d'Asie mais aussi d'Afrique du Nord et d'Océanie. L'âne, d'origine africaine, l'a été dans le Sud de l'Égypte, plus précisément dans la vallée du Nil, vers – 5 000 environ. Il s'est répandu ensuite jusqu'en Chine. Vers – 3 000, furent domestiqués le chameau en Asie centrale et le dromadaire en Arabie. 1 000 ans plus tôt, c'est l'alpaga et le lama qui l'ont été en Amérique du Sud et sont encore utilisés sur les hauts plateaux andins pour leur laine et leur viande ainsi que pour le transport.

– *Quelle entreprise ! Et du côté des oiseaux ?*

– Les plus représentatifs sont les oiseaux appartenant à l'ordre des Gallinacés. On y trouve le coq, originaire du bassin de l'Indus, domestiqué il y a 6 000 ans et introduit en Europe à l'âge du Bronze. Le travail de sélection opéré par l'homme a donné toute une variété de coqs et de poules, du coq de combat à la poule pondeuse ou de chair, en passant par les races naines d'agrément. Le dindon provient du Mexique, où il fut domestiqué 5 000 ans avant J.-C. ; le faisan vient d'Asie du Sud-Est ; le paon, de l'Inde ; la pintade africaine a été introduite en Europe par les Romains *via* l'Algérie. Les Égyptiens ont de leur côté domestiqué les oies, notamment pour les gaver et consommer leur foie. Concernant le pigeon, utilisé comme messager en Perse et en Égypte dès le début du Ier millénaire avant notre ère, sa domestication a sans doute eu lieu simultanément en différents lieux d'Europe et d'Asie. Enfin, outre le canard eurasiatique, signalons le canard de Barbarie qui, comme son nom ne l'indique pas, est originaire de l'Amérique centrale.

Profil de l'emploi

– *Tous ces animaux étaient-ils identiques à ceux que nous connaissons aujourd'hui ?*

– Non. Il y a bien sûr eu des modifications du pelage, du plumage, de l'anatomie et même de la physiologie et du comportement. Il faut savoir par exemple que la laine du mouton, le poil des chèvres et des lapins angoras n'existent pas à l'état sauvage ; que le cochon domestique est devenu « rose » au XVIIIe siècle par sélection opérée sur des sujets atteints d'albinisme alors qu'à l'origine il était noir et velu ; que les robes pie, caractère récessif dans la nature, sont apparues et ont été fixées par la domestication… Les squelettes ont aussi été transformés par sélection : l'homme a eu tendance à augmenter la taille des uns, en particulier des animaux utilitaires, et à diminuer celle des autres, les animaux de compagnie et d'agrément. Pour le bœuf, par exemple, les premières domestications ont entraîné une nette diminution de la taille moyenne de l'animal ; de 1,25 mètre au garrot pour 200 kilos au Néolithique, le bœuf est passé à 90 centimètres chez les Gaulois ; après quoi la taille remonte pour atteindre 1,30 mètre au IVe-Ve siècle ; après un fléchissement au Moyen Âge, taille et poids grimpent à nouveau, définitivement cette fois : 1,40 mètre et 700 kilos à la fin du XIXe siècle ; 1,45 mètre et 800 kilos aujourd'hui.

– *Comment sait-on tout cela avec une telle précision ?*

– Grâce aux fouilles archéologiques et à la précision toujours croissante des méthodes physico-chimiques de datation des fossiles. Pour chaque civilisation, on a également retrouvé de nombreux témoignages humains, très précis : tablettes cunéiformes, livres comptables appartenant à des marchands, à des seigneurs, à des exploitants agricoles ; contrats de métayage, d'achat ou de vente ; inventaires notariaux ; traités de zoologie de l'Antiquité à nos jours…

– *D'où vient le terme « domestiquer » ? A-t-il toujours été utilisé ?*

– Dans les langues sémitiques anciennes, on ne le trouve pas en référence aux animaux. Les animaux sont qualifiés tantôt de « familiers », tantôt de « soumis ». De même que dans les langues indo-européennes anciennes, le bétail est désigné par le terme *peku* qui signifie aussi la richesse, d'où le latin *pecunia*. Quant à l'adjectif français « domestique » appliqué aux animaux, du latin *domesticus* qui veut dire littéralement « de la maison », il n'apparaît qu'au XIVe siècle.

– Quel est le profil idéal de l'animal domesticable ?

– Pas trop agile pour ne pas sauter les clôtures, comme ce fut le cas de l'éland domestiqué au XXe siècle en Afrique du Sud, ni stressé comme le cerf qui, confiné dans un enclos, finit par dépérir. En définitive, l'animal idéal est relativement malléable, d'un naturel paisible, plutôt grégaire, soumis à un leader que l'homme peut d'ailleurs remplacer.

– C'est ce qui explique pourquoi on n'a jamais domestiqué de fauves ?

– Je suis certain que l'homme, à défaut de réussir, a dû essayer de domestiquer des fauves. Sur le lot, seuls le guépard et le chat ont fait l'affaire.

– Le guépard ? !

– Bien sûr. Aussi calme et doux que la plupart des chiens, le guépard rentre dans cette catégorie d'animaux utilisés pour la chasse du fait de ses remarquables aptitudes à la course : de 75 à 90 km/h avec des pointes à 110 km/h. L'action domesticatoire consiste ici à élever les animaux en limitant l'empreinte de l'homme pour qu'ils gardent leur instinct à la chasse. Pour cela, on les capturait jeunes dans la nature. On retrouve la même technique avec les aigles que l'on utilise encore à la chasse en Asie centrale ainsi qu'avec tous les oiseaux de proie (faucons, autours) dressés pour la chasse. Dès le IVe millénaire avant J.-C., les Sumériens ont donc apprivoisé le guépard originaire d'Afrique et d'Asie occidentale et centrale. Il l'a été un peu plus tard en Égypte, en Chine, en Inde et en Perse. Prisé par la bourgeoisie du XVe et du XVIe siècle, il s'est répandu en Occident. Peu à peu, ses effectifs ont diminué en raison de la chasse dont il a été l'objet pour sa fourrure.

– *C'est l'histoire du chasseur chassé ?*

– Si l'on veut. Mais l'extension démographique et des cultures a aussi contribué à sa disparition des steppes asiatiques et africaines où il survit maintenant dans des réserves.

Grillons de combat

– *Vous avez évoqué l'élevage du ver à soie… Qui en a eu l'idée ?*

– La chenille du bombyx du mûrier fabrique un cocon qui peut donner de 800 à 1 700 mètres du précieux fil. La Chine a domestiqué le ver à soie il y a 4 500 ans et nous a légué des traités sur son élevage antérieurs au XIIe siècle. Autour du produit de cette chenille, un commerce extrêmement lucratif s'est développé de la Chine à l'Italie, en passant par l'Inde et la Perse, qui a donné la fameuse « route de la soie ». En fait, il y en avait plusieurs. En France, l'élevage de cet insecte constituera l'activité principale dans plusieurs régions du sud-est de la France (Cévennes, Provence) trois siècles durant, jusqu'à ce qu'une maladie parasitaire, puis le développement des tissus synthétiques freinent l'essor de cette industrie.

– *Et les abeilles ? Ont-elles produit du miel en quantité sous l'impulsion des hommes ?*

– Non, du moins pas au départ. A l'origine, les abeilles sont issues de guêpes qui se sont spécialisées dans le recueil du pollen il y a une centaine de millions d'années. Dès le Néolithique, les hommes se sont rendu compte, à la suite sans doute d'observations et d'expériences, qu'il était intéressant de piller ces abeilles sauvages pour se nourrir de leur production.

– *Comment s'y prenaient-ils ?*

– En les tuant.

– *Mais c'était tuer la poule aux œufs d'or, si l'on peut dire...*

– Effectivement. C'est pourtant ainsi que nous avons procédé jusqu'à une date assez tardive, en fait jusqu'à l'invention des casiers mobiles en Occident au XIXᵉ siècle. Pourtant, il semble que des apiculteurs grecs, il y a plus de vingt-cinq siècles, savaient pratiquer des « récoltes partielles » sans détruire les insectes. Toujours dans la classe des insectes, la Chine a élevé la cigale et le grillon pour le plaisir de leur « chant » qui donnait lieu, sous la dynastie des Tang (618-907), à des concours très prisés.

– *Original...*

– On a également élevé des grillons comme animaux de combat. Ils étaient enfermés dans des cages en or ou en ivoire, entraînés et nourris en conséquence, et valaient des fortunes. Une quantité considérable de traités sur les grillons de combat ont été écrits et donnent un luxe de détails sur les soins à leur prodiguer. Autre originalité des Chinois, le célèbre poisson rouge, ou cyprin doré, dont l'élevage remonte à 4 500 ans ; des fonctionnaires étaient chargés de surveiller l'apparition des mutations (nageoires géantes, etc.).

– *On ne l'a pas élevé pour le consommer ?*

– Non, c'était un poisson d'agrément, ce qu'il est d'ailleurs resté jusqu'à aujourd'hui. En revanche, en Chine toujours, l'élevage des carpes a été très tôt associé à la culture du ver à soie, les poissons se nourrissant des déchets des vers. Dès 2 000 ans avant notre ère, les Chinois savaient même faire incuber artificiellement des œufs de poisson.

– *La pisciculture actuelle est donc issue d'une très longue tradition ?*

– Les premiers viviers aménagés datent de 4 000 ans et sont nés au Moyen-Orient. Les Égyptiens disposaient de viviers d'eau douce et d'autres remplis d'eau de mer. Les Romains, qui faisaient venir des carpes d'Asie Mineure par bateaux citernes, étaient également connus pour élever des murènes qu'il leur arrivait d'orner de bijoux et de nourrir d'esclaves. L'élevage des huîtres et les escargots étaient également connus de l'Antiquité.

Le respect du gibier

– Il est surprenant de voir à quel point l'homme a fait preuve d'intérêt pour une aussi grande variété d'espèces animales…

– L'homme a domestiqué à des degrés divers toutes les espèces qui pouvaient l'être. En fait, il a tout essayé, tout tenté, jusqu'aux croisements les plus fous entre espèces inter-fécondes qu'il lui a fallu identifier au préalable. Les mulets, par exemple, connus en Orient depuis l'Antiquité, résultent de l'accouplement d'ânes et de juments. D'autres hybrides ont plus tard été produits, résultat du croisement entre dromadaire et chameau chez les Turcs d'Asie centrale dès le Xe siècle, entre yack et bœuf au Tibet, ou entre yack et zébu en Russie. Sans oublier les hybrides imaginaires comme le « jumart », croisement supposé d'un taureau et d'une jument, auquel crut le grand naturaliste Buffon lui-même !

– Les objectifs de ces hybridations ont-ils été utilitaires ?

– Personne ne peut l'affirmer. Je pense pour ma part que l'hybridation représente le parangon de l'acte domesticatoire sur l'animal. Contrairement à ce que vous semblez penser, les multiples tentatives de l'homme en matière de domestication ne sont pas surprenantes. Elles répondent à son besoin, puissant, de relever des défis, de tenter l'impossible, car les hybridations n'existent pas spontanément dans la nature, avant même de penser à de possibles applications.

116

– *Tous les peuples n'ont pourtant pas pratiqué la domestication.*

– Certains peuples, le plus souvent des chasseurs-cueilleurs, se sont en effet limités à l'apprivoisement de quelques individus ou d'espèces de singes, de rongeurs ou d'oiseaux. Cette question trouve sa réponse dans les systèmes de représentation des rapports hommes-animaux dans ces sociétés. La nature et les animaux font partie intégrante de leur construction sociale. Chez les Pygmées, les Amérindiens, les Eskimos, les peuples sibériens, les Aborigènes d'Australie, le monde animal est conçu à l'image du monde humain, les animaux sont considérés dans ces sociétés comme des parents, des alliés ou des ennemis qu'il leur faut séduire ou écarter.

– *Ces sociétés traitent le gibier avec un grand respect ?*

– Oui. De crainte que les animaux chassés ne se laissent plus attraper, elles organisent des fêtes et des rituels d'alliance et de réconciliation avec les animaux. Elles font adopter par les femmes les petits d'animaux tués. Les bêtes ainsi apprivoisées ne pouvant être consommées – ce qui serait assimilé à du cannibalisme –, elles n'ont aucun intérêt à pousser plus loin leur domestication.

– *Toujours est-il que là où l'animal a été domestiqué et élevé, on assiste à une formidable augmentation de la démographie humaine.*

– La domestication des animaux a été d'une importance capitale dans l'histoire humaine. Elle a contribué à la naissance des premières civilisations, des différenciations sociales, à l'essor de l'économie, du politique

117

et même de l'activité militaire. Par exemple, c'est grâce à la monte du cheval que les nomades d'Asie ont pu s'assurer le contrôle d'immenses territoires.

Les animaux « marrons »

– L'homme ne s'est-il jamais heurté à des déconvenues en tentant certaines domestications ?

– Si. On connaît d'assez nombreuses tentatives de domestication qui sont restées sans suite durable. Les anciens Égyptiens apparaissent certainement, avec le recul, comme les grands champions de la domestication tous azimuts : aux premières domestications du Néolithique, ils ont en effet ajouté le chat, la gazelle, l'oryx, la hyène, le pélican, le crocodile… Outre les couleuvres et les genettes pour se débarrasser des rongeurs, les Romains élevaient des biches pour les traire. L'élan était monté en Suède jusqu'au XVIIe siècle… Mais l'époque contemporaine n'a pas été en reste ; entre le milieu du XIXe siècle et la Seconde Guerre mondiale, plusieurs domestications nouvelles ont été tentées : l'éléphant d'Afrique par les Belges au Congo, le bœuf musqué, le buffle d'Afrique, l'autruche, qui a même été attelée et montée, le zèbre, etc. La plupart de ces domestications ont été abandonnées.

– Pourquoi ?

– Soit parce qu'elles n'apportaient rien de plus que celles qui étaient déjà pratiquées, soit parce qu'elles intervenaient trop tard, comme celle de l'éléphant d'Afrique après la mécanisation.

– *Toutes ces expériences nous montrent des animaux qui sont retournés à l'état sauvage parce que l'homme a volontairement abandonné l'idée de poursuivre leur domestication, mais existe-t-il des situations où des animaux échappent au contrôle de l'homme ?*

– Oui. On dit de ces animaux qu'ils sont « marrons ». Un terme qui provient de l'espagnol d'Amérique du Sud *cimarron*, qui veut dire « esclave nègre fugitif ».

– *Et quelles en sont les conséquences ?*

– Elles sont variables selon les lieux et les époques. Le mouflon de Corse est issu du marronnage du mouton domestique introduit sur l'île au VIIe siècle avant J.-C., et les conséquences sont restées circonscrites à l'île. En revanche, le marronnage des grands herbivores introduits par les Espagnols en Amérique à partir de 1492 a connu une ampleur considérable sur tout le continent : les chevaux, les bœufs et d'autres herbivores domestiques introduits se sont répandus comme une traînée de poudre dans toute l'Amérique qui ne comptait avant la colonisation que cinq espèces indigènes domestiques : le lama, l'alpaga, le cobaye, le dindon et le canard de Barbarie, ainsi que le chien, introduit par le nord vers le XIe siècle..

– *Comment se sont-ils répandus ?*

– Des animaux se sont échappés des élevages plus ou moins contrôlés, d'autres ont été volontairement relâchés. Retournés à l'état sauvage, ces animaux ont ensuite été redomestiqués par les Indiens. Ce fut la même chose en Amérique du Nord, où l'élevage du cheval a bouleversé le mode de vie des Indiens qui sont passés d'un système de production basé sur la chasse à l'élevage *via* la redomestication d'un animal marron : le mustang.

– Ces chevaux sauvages existent-ils encore aujourd'hui ?

– Oui, ils sont environ 40 000 aux États-Unis, protégés par une loi au titre de « symboles vivants de la conquête de l'Ouest » et coûtent chaque année à la collectivité quelque 17 millions de dollars en dédommagement des dégâts qu'ils causent. A ces chevaux s'ajoutent des ânes, des moutons, des chèvres et environ 1 million de porcs marrons qui vivent dans les deltas et les forêts du sud-est des États-Unis.

– L'Amérique n'aurait donc pas été ce qu'elle est aujourd'hui sans le marronnage des bœufs et des chevaux ?

– C'est évident.

– Finalement, ces marronnages ont été bénéfiques ?

– Je ne sais pas si l'on peut poser la question ainsi. Les marronnages ont peut-être été bénéfiques d'un certain point de vue, mais ils ont aussi complètement modifié l'écosystème américain. On peut dire la même chose de l'Australie, colonisée par les Anglais au XVIIIe siècle. Avant leur arrivée, il n'existait aucun animal domestique. Lapins, vaches, ânes, dromadaires, chevaux, buffles, porcs, chiens ont été introduits, et inconsidérément lâchés ou abandonnés après utilisation. Tous se sont reproduits, causant des dégâts considérables à la flore et à la faune indigènes. A partir d'une vingtaine de sujets, introduits à la fin du XIXe siècle (1859), les lapins se sont multipliés à tel point qu'ils étaient plusieurs dizaines de millions quelques décennies plus tard.

– *La solution pour faire face à ce problème a été radicale ?*

– En effet. Les Australiens n'ont pu venir à bout des lapins qu'en leur inoculant en 1950 la myxomatose – maladie redoutablement contagieuse –, laquelle s'est ensuite propagée sur les autres continents. Les chevaux marrons, les *brumbies*, descendants des chevaux domestiques des colons anglais, se sont eux aussi multipliés au point de devenir une menace pour la végétation australienne, déjà soumise à de terribles sécheresses pluriannuelles et une pression importante du bétail.

Les intrus

– *Ces bouleversements apportés à l'équilibre naturel et imputables aux animaux transplantés par l'homme dans un nouvel environnement sont-ils fréquents dans l'histoire ?*

– Ils le sont. Citons en exemple le cas de la pintade, transportée de Guinée aux Antilles dès 1508 par les navigateurs génois, qui s'est échappée et est devenue rapidement un véritable fléau pour les plantations. Le ragondin, qui détruit actuellement le Marais poitevin et d'autres écosystèmes aquatiques, est un autre exemple typique de ces introductions intempestives (c'est un gros rongeur semi-aquatique d'Amérique importé et élevé pour sa fourrure). Pendant la Seconde Guerre mondiale, lorsque les éleveurs de ragondins ont fui devant l'avancée allemande, ils ont ouvert les cages. Très prolifiques et sans prédateur pour réguler l'espèce, les ragondins se sont acclimatés et répandus dans presque toutes les zones humides, et c'est bien là le problème.

– *Pourquoi ?*

– Parce qu'ils vivent en colonie dans des terriers creusés dans les rives et contribuent ainsi à l'effondrement des berges et des digues (comme en Camargue). Pour rester dans le milieu aquatique, on a aussi introduit inconsidérément des tortues carnivores de Californie appréciées des aquariophiles, mais qui détruisent aujourd'hui les faunes de nos lacs dont elles se nourrissent, tout comme le silure, un poisson d'Europe centrale de l'Est d'une longueur de 3 à 4 mètres, qui a été rapporté en France pour se débarrasser des poissons-chats, eux-mêmes amenés en Europe à la fin du siècle dernier.

– *A propos, pourquoi appelle-t-on ces poissons ainsi ?*

– En raison des barbillons qu'ils portent autour de la bouche, semblables à des moustaches, et qui sont en fait des organes tactiles leur permettant de détecter des proies.

– *Est-il arrivé que de telles intrusions d'animaux causent l'extinction d'autres espèces ?*

– Oui. Lorsqu'en 1513 les Portugais débarquent sur l'île magnifiquement boisée de Sainte-Hélène avec des chèvres, ils sont loin d'imaginer la catastrophe qui va suivre. Les chèvres mangèrent les jeunes plants jusqu'au dernier. Sans les nouvelles pousses pour prendre la relève, la végétation disparut, le sol s'éroda et fut rapidement transformé en désert, ce qui causa la disparition de nombreuses espèces. Un autre exemple est celui du fameux dodo de l'île Maurice (*Raphus cucullatus*).

– *Ce gros oiseau incapable de voler qui ressemblait à un pigeon perché sur de grosses pattes ?*

– Lui-même. Il possédait un bec épais et crochu, un plumage noir et blanc. Lorsqu'il a été découvert par des navigateurs hollandais en 1598, il était une proie facile, il a donc été exterminé. Mais avec lui a disparu un grand nombre de plantes dont la reproduction ne pouvait avoir lieu que parce que cet animal assurait la propagation des graines en se nourrissant de leurs fruits.

– *L'introduction intempestive d'une espèce sauvage dans la nature peut donc avoir des conséquences importantes sur la faune et la flore ?*

– Tout à fait, mais l'espèce peut être aussi familière. Aujourd'hui, les gens abandonnent leur chien sur la route des vacances. Lorsque ces animaux parviennent à survivre dans la nature, il arrive qu'ils se regroupent en meutes. Le résultat, c'est plusieurs milliers de brebis atta-quées chaque année par des chiens livrés à eux-mêmes. Mais qui en parle ? On préfère de loin se répandre sur les attaques des loups combien plus médiatiques.

CHAPITRE 2

L'animal partenaire

A chaque époque, l'idée que l'homme se fait des espèces animales raconte sa propre histoire. Tantôt adulé, tantôt honni, l'animal partenaire gouverne aussi l'imaginaire de l'homme domesticateur.

Jeux de guerre

– *Les animaux n'ont donc pas été domestiqués dans le seul but d'être utilisés pour le travail ou la nourriture.*

– Non, en effet. Ils l'ont été aussi pour divertir l'homme. On l'a vu avec les combats de grillons inventés par les Chinois. Les coqs ont servi autant les sacrifices que les combats. Des races particulièrement agressives ont été sélectionnées à cet usage de l'Indonésie à l'Europe occidentale, surtout en Angleterre, en Belgique, dans le Nord de la France et en Espagne, d'où cette pratique est passée aux Antilles et en Amérique. Certains voient d'ailleurs là l'origine de la domestication de ces oiseaux.

– *Un divertissement semblable aux jeux du cirque dans l'Antiquité ?*

– Les animaux n'étaient pas domestiqués et sélectionnés à cette fin ; ils étaient capturés, parfois très loin et à grands frais, pour être ensuite ramenés et entretenus, un temps relativement bref, avant d'être massacrés dans les arènes sous le regard à la fois admiratif et craintif du peuple. L'inauguration du Colisée aurait ainsi coûté la vie à neuf mille animaux en une seule journée. Cette tradition a eu raison de l'existence des éléphants et des lions d'Afrique du Nord et du Proche-Orient.

– *Des jeux guerriers à la réalité des combats sur les champs de bataille, l'une des activités privilégiées de l'homme, il n'y a qu'un pas…*

– Les animaux ont tenu dans la guerre, en tant que messagers, montures ou armes vivantes, une place non négligeable. Ce sont d'ailleurs les impératifs militaires qui ont encouragé le monde antique à réintroduire en Occident des éléphants. Les Romains combattirent ainsi les Gaulois. Les grands Moghols d'Inde entretenaient en permanence plusieurs milliers d'éléphants pour leurs armées. Ces animaux possédaient de gros atouts : leur force, leur résistance, leur capacité de portage qui permettait d'installer sur le dos un palanquin surélevé dans lequel prenaient place des archers. De Darius à Tamerlan, en passant par Hannibal, nombreux sont les chefs militaires qui utilisèrent ces montures souvent à leurs dépens.

– *Pourquoi à leurs dépens ?*

– Presque tous firent la cruelle expérience d'animaux qui, bien que redoutables, se montraient difficilement contrôlables lorsqu'ils étaient pris de panique, impressionnés par le feu et le bruit. Ils étaient alors capables de causer de nombreuses victimes dans leur propre camp. Au point que les cornacs avaient appris à les sacrifier rapidement au moyen d'une lame à enfoncer en un point précis au niveau de la tête. Les sachant prompts à la panique, les lignes ennemies leur lançaient des javelots enduits de poix enflammée qui se collaient à leur cuir, ou bien elles poussaient vers eux des porcs recouverts d'un mélange enflammé et dont les hurlements déchirants affolaient les pachydermes. Pour en venir à bout, on n'hésitait pas non plus à leur couper les jarrets à la hache et la trompe à l'aide de faux.

– *Dans cette sinistre activité, le cheval a surpassé l'éléphant ?*

– Malgré ce que l'on peut parfois lire sur la bataille de Gaugamèles, près d'Arbèles, l'actuelle Erbil, en Irak, en 331 avant notre ère, où la cavalerie d'Alexandre l'aurait emporté sur les éléphants de Darius, chevaux et éléphants ont rarement été directement opposés dans les batailles. Leurs usages étaient différents. Et si la cavalerie a été promue, à la longue, au rang d'arme véritable, alors que le rôle des éléphants dans les armées devenait de plus en plus marginal, c'est tout simplement parce que les chevaux sont d'un usage plus aisé et plus polyvalent et surtout qu'ils sont plus faciles et plus rapides à élever et à dresser que les éléphants. Or on sait que les guerres ont fait au cours de l'histoire une énorme consommation de chevaux.

– *Donc, depuis l'Antiquité gréco-romaine jusqu'à la guerre de 14, le cheval a accompagné l'homme dans toutes les grandes batailles ?*

– Oui, et c'est la raison pour laquelle il a été l'animal domestique auquel on s'intéressa le plus. C'est aussi la raison de sa valeur emblématique toute particulière.

A califourchon

– On a vu que le cheval a quitté le sol américain où il est né il y a 700 000 ans et qu'il a gagné l'Asie par le détroit de Behring. Mais comment a-t-il été domestiqué ?

– Pendant des millénaires depuis le Paléolithique, les populations de chevaux sauvages ont été chassées principalement pour la viande. L'homme de cette époque était un solide hippophage. Puis, le cheval aurait été domestiqué il y a 5 500 ans dans les plaines de l'Ukraine. D'abord mangé, il a ensuite été attelé à des chars de combat au début du IIe millénaire avant notre ère. C'est attelé qu'il a été introduit en Mésopotamie et dans tout le Moyen-Orient.

– N'y a-t-il pas eu d'essais de monte à califourchon ?

– Si, ils ont certainement eu lieu alors, mais l'usage régulier du cheval monté, utilisable en cavalerie, ne date que du début du Ier millénaire avant notre ère. Dès lors, en grande partie grâce à lui, les hommes sont devenus des conquérants à cheval, les langues et les traditions se sont colportées, le commerce s'est développé. Les peuples nomades, dont les Mongols, ont découvert de nouveaux territoires. Partout où ils sont allés, le cheval a suivi, en Chine, en Inde, en Occident, retrouvant même l'Amérique, avec les Espagnols, après plusieurs centaines de millénaires.

– A part les mustangs américains ou les brumbies *australiens qui sont, on l'a vu, des chevaux domestiqués*

retournés à l'état sauvage, le vrai cheval sauvage a-t-il fini d'exister dès qu'il a rencontré l'homme ?

– Les derniers vrais chevaux sauvages ont été asiatiques. Le tarpan, lui, a été éradiqué au XIXe siècle en Ukraine par les paysans qui voyaient en lui un prédateur des récoltes et par les éleveurs de chevaux domestiques qui l'accusaient d'être un « voleur de juments » ; le dernier spécimen est mort vers 1880. A peu près à la même époque et dans les mêmes conditions, exterminée par les Boers (colons hollandais), a disparu une espèce voisine : le couagga d'Afrique du Sud. Le seul cheval sauvage survivant est le cheval de Przewalski, du nom de l'officier et explorateur russe qui l'a découvert en 1876 dans une région semi-désertique proche de la Mongolie, la Dzoungarie. Décimé au XXe siècle, ce cheval a été sauvé *in extremis* grâce aux parcs zoologiques qui n'ont pas, quoi qu'on en dise, que des inconvénients.

– *Comment l'idée est-elle venue aux hommes d'exploiter la force du cheval ?*

– Pour qu'une telle idée vienne aux hommes, il a d'abord fallu qu'ils connaissent cette force : on peut imaginer qu'ils en ont eu la révélation accidentellement en se faisant traîner au bout d'une corde par un cheval qu'ils venaient de capturer ! Il a ensuite fallu qu'ils sachent à quoi et comment utiliser cette force ; autrement dit, l'attelage du cheval, puisque le cheval, on l'a vu, a d'abord été attelé, n'a pu naître que chez des peuples d'agriculteurs.

– *Qui avaient des besoins de labour et de transport des récoltes ?*

– C'est cela et qui connaissaient la roue, inventée au Moyen-Orient au milieu du IVe millénaire avant J.-C. pour le char à bœufs à quatre roues. Sans la roue, l'attelage du cheval était d'un piètre intérêt.

– *Et comment l'idée de monter sur son dos a-t-elle pris forme ?*

– On ne le sait pas exactement. Tout ce que l'on sait, c'est qu'il s'est écoulé un millénaire entre l'avènement de l'attelage, vers – 2000, et la généralisation de la monte à califourchon en arrière du garrot, vers –1 000 ans. Ce délai indique que la chose n'a pas dû aller de soi ! En effet, des figurines babyloniennes donnent à penser que les premières tentatives auraient eu lieu sur la croupe de l'animal… Et, bien entendu, tout cela se passait sans selle ni étriers, qui ne furent inventés qu'au début de notre ère et ne se diffusèrent que très lentement, ce qui veut dire que les conquêtes macédoniennes puis romaines s'effectuèrent « à cru et sans pédales » : les cavaliers apprécieront !

– *L'équitation a pris du temps, mais elle est devenue un art.*

– Que l'équitation ait pris du temps est le moins que l'on puisse dire ! Il faut savoir en effet que des techniques qui paraissent élémentaires aux cavaliers d'aujourd'hui comme le trot enlevé, le galop en suspension et la monte en avant sur l'obstacle sont des inventions de la fin du XIXe siècle et du début du XXe. Quant à l'équitation de haute école – celle dont on dit qu'elle est un art –, elle est née en Italie au XVIe siècle, et doit beaucoup à l'influence de l'équitation légère orientale. Bien que prestigieuse, elle resta pour l'essentiel confinée dans les académies, dans la noblesse, puis au XIXe siècle dans les cirques – le fameux écuyer François Baucher se définissait lui-même comme un « saltimbanque » –, enfin au XXe siècle dans les milieux sportifs.

– *Et pour tous les autres cavaliers, les plus nombreux ?*

– L'équitation était « utilitaire » ; elle servait à faire la guerre, à voyager, à travailler, à surveiller et à trier le bétail, etc. Les chevaux devaient avant tout être résistants et sûrs, rapides à dresser et faciles à utiliser. Il faudrait aussi, pour être complet, parler des chevaux de trait, car il ne faut pas oublier que, jusqu'au début des années 1950, les chevaux étaient partout. Le statut culturel très élevé du cheval est à la mesure des services qu'il rendait à l'homme.

Diable de chat

– *On perçoit à travers ces multiples formes de domestication que la marche de l'humanité a profondément été influencée par l'animal. C'est à se demander ce que l'homme aurait bien pu faire sans lui.*

– L'importance des animaux pour l'homme ne se limite pas aux services économiques ou matériels qu'ils lui ont rendus. Ils ont aussi servi de base à bien des échafaudages culturels et idéologiques.

– *C'est-à-dire ?*

– Dans beaucoup de civilisations, des divinités sont associées à des animaux, le panthéon égyptien antique étant le plus connu. De nombreuses mythologies situent l'origine des hommes dans le monde animal ou, comme dans le totémisme, établissent des relations d'analogie entre des groupes humains et des ensembles d'animaux. On sait que certaines lignées turques et mongoles se donnent pour totem un loup ou un aigle. L'origine mythique du peuple tibétain est attribuée à l'union d'un singe et d'une démone des rochers. La ville de Rome, elle, a lié son existence à cette fameuse louve qui aurait allaité les jumeaux Remus et Romulus.

– Au final, toutes ces croyances ont en retour influencé la manière dont l'homme a traité les animaux.

– Il est évident qu'une société totémique réservera à son animal-totem un traitement de faveur. De façon générale, le traitement des animaux dans chaque culture dépend de la position que celle-ci attribue à l'homme dans la nature. Selon les civilisations judéo-chrétiennes, par exemple, l'homme, créé à l'image de Dieu, occupe dans la nature une position dominante, position qui lui confère des droits mais aussi les devoirs qui en sont le corollaire. Selon les époques et les circonstances, la conscience des devoirs l'emportait sur celle des droits, ou l'inverse…

– C'est ce qui explique qu'une même espèce animale ait pu être tantôt déifiée, tantôt honnie, comme le chat par exemple ?

– Oui. Le chat est un bon exemple. Adoré en tant qu'animal sacré chez les Égyptiens à travers la déesse à tête de chat Bastet, déesse de la joie et de la fécondité, le chat a fait l'objet d'un véritable culte. A sa mort, des maîtres se rasaient les sourcils et l'on embaumait la dépouille de l'animal pour l'ensevelir dans des tombeaux sacrés.

— Comment cet animal est-il parvenu jusqu'à nous ?

— De l'Égypte, le chat va s'implanter très lentement en Europe au début du Moyen Âge, vers le XIe siècle. Il partage d'abord les cellules des ermites, bénéficie de la clémence de certains pères de l'Église qui voient dans le M inscrit sur le front des chats tigrés le sceau de la Vierge Marie. Tout se gâte avec la réaffirmation du pouvoir de la papauté et le développement de la lutte contre les hérétiques.

— On va le considérer comme un être maléfique ?

— Les chats seront en tout cas suspectés d'incarner des créatures diaboliques, ce qui leur vaudra bien des tourments, comme d'être jetés vivants dans des bûchers. Je crois que ce changement de traitement du chat correspond à un changement dans sa fonction. Domestiqué vers − 4000 en Égypte, le chat ne parviendra que très tardivement en Europe occidentale. Peu après lui, au XIe siècle, arrivera d'Asie le rat noir, dont le chat sera le principal prédateur. Mais pour jouer efficacement son rôle de prédateur, le chat devait être un véritable petit fauve ; il vivait à distance respectueuse des humains, recevant d'eux plus de mauvais traitements que de caresses ou de gâteries. En tant que chasseurs de rats, des chats seront embarqués sur les navires, ce qui leur vaudra de se répandre dans le monde entier. Un nouveau changement dans le statut du chat se produira au début du XVIIIe siècle, avec l'arrivée du rat gris ou surmulot, notre rat d'égout d'aujourd'hui. Plus fort et agressif que le rat noir, il reléguera celui-ci dans les greniers. Il tiendra également tête au chat, auquel on préférera les chiens ratiers, en particulier les fox-terriers. De manière significative, c'est à partir de cette époque que le chat, devenu inutile, acquiert sa place dans les foyers et commence à jouir de l'affection des hommes.

Animal de tendresse

– *Le phénomène de l'animal de compagnie est-il donc récent ?*

– Il faut ici distinguer l'accession de certains animaux au statut d'animal de compagnie. Le chat y a accédé tardivement mais d'autres y parviennent seulement aujourd'hui. Comme nous l'avons vu à propos du loup, l'animal « de compagnie » pourrait être à l'origine de certaines premières domestications. On le trouve dans l'Antiquité, en particulier chez les Romains qui affectionnaient particulièrement les petits animaux exotiques comme les singes et les perroquets. On le trouve aussi dans de nombreuses sociétés non européennes, sous la forme de petits d'animaux chassés et apprivoisés. Le phénomène a été découvert chez les Indiens d'Amérique du Sud par les conquistadors qui ont importé cette manie dans l'Europe de la Renaissance. C'est de cette époque que date l'engouement des dames de la haute société pour les « chiens de manchon » et autres « animaux de tendresse ».

– *Et du côté des classes modestes ?*

– Au XIXe siècle, l'animal de compagnie du pauvre était le canari. De fait, un commerce intense d'oiseaux des îles s'était développé suivant un circuit compliqué par l'Autriche et la Suisse, d'où ils arrivaient à Paris portés à dos d'homme.

– Il n'y a donc aucune différence entre les rapports que nous entretenons aujourd'hui avec les animaux qui peuplent nos maisons et le comportement de nos ancêtres vis-à-vis de leurs compagnons à poils et à plumes ?

– La différence, c'est l'ampleur. En France, il existe actuellement 42 millions d'animaux de compagnie – dont 8,2 millions de chats, 7,8 de chiens, 6,2 d'oiseaux, 18,8 de poissons et 1,3 de rongeurs – pour 60 millions de Français. Aux États-Unis, le chiffre s'élève à 230 millions d'animaux, et dans l'Union européenne à 300 millions. L'Australie, les États-Unis, la France, la Belgique et l'Irlande sont les pays où le nombre de chiens et de chats par habitant est le plus élevé. L'engouement pour les animaux familiers est étroitement lié au développement des villes et à l'urbanisation des campagnes.

– C'est la seule différence ?

– Non. Il y a aussi un changement qualitatif. La majorité des gens qui possèdent des animaux sont des gens sérieux qui entretiennent des relations parfaitement saines avec leurs animaux familiers et qui ne confondent pas nature animale et nature humaine. Là où existe, à mon sens, un grave problème, c'est lorsque des gens aiment des animaux parce qu'ils n'éprouvent plus aucun intérêt pour les humains. C'est sans doute la société actuelle qui crée cette situation, c'est elle en tout cas qui l'entretient en favorisant un marché économique et une incroyable dérive mercantile autour de l'animal.

En 1991, le marché des produits liés aux animaux de compagnie représentait 60 milliards de francs pour les pays de la CEE et 20 milliards pour la France. Tout est bon pour faire de l'argent, y compris les entreprises les plus loufoques comme des ateliers de peinture pour chiens, des hôtels canins, des lignes de prêt-à-porter, etc.

– *C'est une dérive ?*

– Totale. L'homme humanise l'animal, l'animal perçoit l'homme comme un congénère, d'où ce pullulement de maîtres hystériques et d'animaux agressifs chez les vétérinaires. Anthropomorphiser un animal au point d'oublier sa vraie nature, c'est le dégrader et finalement lui témoigner peu de respect. On aime les animaux pour ce qu'ils ne sont pas ; donc, plus on les aime, moins on les connaît. En croyant bien faire, on les traite de manière inadaptée, ce qui revient à les maltraiter.

– *On est loin des premiers chiens du Néolithique…*

– La vie de chien n'a pas toujours été une histoire d'attachement et de compagnie. Bien après le Néolithique, les hommes ont mangé du chien sur presque tous les continents. En Allemagne, la dernière boucherie canine a disparu entre les deux guerres. Mais on en consomme encore aujourd'hui dans certains pays d'Asie du Sud-Est.

Chienne de vie

– *Comment, à partir d'un loup, est-on parvenu à créer les quelque quatre cents races de chiens qui existent actuellement ?*

– Ce n'est pas un hasard : c'est d'abord sur le chien que l'homme s'est entraîné à diverses manipulations avant de les tenter sur les autres espèces animales. Le chien présentant une formidable variabilité génétique, les accouplements sélectifs pratiqués de génération en génération lui ont permis de travailler sur les tailles, les pelages, les tempéraments et en définitive de fabriquer les races que nous connaissons aujourd'hui, du caniche nain au dogue du Tibet.

– *A chaque forme, sa fonction précise ?*

– Dès l'Antiquité, commencent à apparaître des chiens de chasse du type des lévriers et des molosses chargés de protéger les cités et les troupeaux, de chasser le gros gibier et de s'illustrer à la guerre.

– *Ce sont ces chiens utilisés à la guerre qui ont donné l'idée des combats de chiens ?*

– C'est peu probable car les combats d'animaux sont certainement presque aussi anciens que la domestication, même s'ils ont atteint leur plus grande échelle dans les arènes romaines. Aujourd'hui encore, ou dans un passé très récent, certaines civilisations montrent une prédilection pour les combats d'animaux de même espèce : de chameaux en Turquie, de taureaux dans le Nord de l'Iran, de béliers en Afghanistan, de chiens et de coqs en de nombreux endroits. Au XIXe siècle, en Angleterre et en France, place des Combats (aujourd'hui place du Colonel-Fabien), à Paris, des combats de chiens, forcément de grande taille, contre des taureaux, des ânes, des sangliers, ours, étaient régulièrement organisés par des garçons bouchers. Ces « divertissements », qui n'attiraient pas seulement la populace mais aussi des dames de la bonne société, furent interdits peu avant le milieu du XIXᵉ siècle. Mais ils se prolongèrent de manière clandestine bien au-delà. Le pitbull, chien de combat en « arène », de l'anglais *pit*, est de création plus récente, de la deuxième moitié du XXᵉ siècle.

– Ce sont les Anglais, fervents défenseurs des animaux aujourd'hui, qui ont « inventé » cette race ?

– Il ne s'agit pas d'une race mais d'un type de chien né d'une série de croisements réalisés aux États-Unis entre des terriers anglais utilisés à la chasse et des molosses tel le dogue d'Argentine. Ces chiens ont été créés pour le combat, produits et exportés dans le monde, notamment au Pakistan où j'en ai vu combattre des ours. Les pitbulls ont fait couler beaucoup d'encre ces dernières années. La presse les a diabolisés en oubliant les méfaits et les accidents gravissimes causés par de nombreuses autres races. Les attaques de chiens dépendent de plusieurs facteurs, qui vont des prédispositions génétiques à une éducation insuffisante, en passant par des comportements humains qui, selon les situations, peuvent être perçus comme menaçants par les animaux. Je pense qu'en s'acharnant sur les pitbulls comme on l'a fait, on a aussi cherché à diaboliser les banlieues défavorisées où ces chiens ont leur clientèle en créant un lien entre « chiens méchants » et « jeunes difficiles ».

– On ne peut tout de même pas nier qu'il existe une mode des chiens d'attaque au début des années 90, principalement dans les banlieues ?

– Non, c'est vrai. Et il ne s'agit pas de minimiser le phénomène mais simplement de signaler que l'essence du problème est ailleurs, dans la représentation que nous avons des animaux et dans l'utilisation que nous en faisons. Si certains jeunes sont attirés par les pitbulls, c'est parce qu'ils vivent dans un contexte d'insécurité sociale qui leur fait ressentir le besoin de donner à eux-mêmes et à autrui le spectacle, valorisant à leurs yeux, du pouvoir qu'ils exercent sur ce type de chien.

Chiens miniatures

– *On dirait que l'homme a fabriqué une foule de chiens variés qui n'ont d'égal que la complexité de sa personnalité. Tantôt, je dresse pour soumettre, tantôt je materne pour aimer.*

– Les chiens de combat et les chiens de poche à materner ont existé en même temps parce qu'ils correspondent effectivement à des attentes existentielles, à une soif de symboles efficaces dans une société à un moment donné. L'homme s'implique dans le métissage ou la construction des races. Il explore ainsi les confins de son identité et les limites de son pouvoir. Il s'emploie à façonner l'animal parfait, en qui il peut reconnaître un reflet flatteur de lui-même. L'animal devient un emblème.

– *Tout de même, passer du loup au bichon maltais de la Pompadour, il y a un monde !*

– L'homme a exploité les mutations génétiques qui surviennent parfois spontanément au niveau des chromosomes et qui peuvent se traduire par la naissance d'un animal totalement différent de ses parents. Un exemple : le teckel. Ce chien tirerait son origine d'une mutation apparue dans une portée de brunos du Jura qui sont des chiens courants et hauts sur pattes.

— L'homme a donc exploité cette veine par la sélection en faisant se reproduire la nouvelle forme obtenue ?

— C'est cela. Les anomalies de départ sont érigées en critères de sélection que l'on s'efforce de fixer par des accouplements consanguins (*inbreeding*) pour obtenir des chiens conformes à un standard.

— C'est-à-dire ?

— Chaque race est définie par un certain nombre de caractères morphologiques dont tous les sujets doivent s'approcher le plus possible. La sélection trop poussée sur certains critères d'apparence n'est d'ailleurs pas toujours sans risques si l'on juge la fréquence des maladies génétiques dans certaines races : maladies osseuses, oculaires, immunitaires, respiratoires, cardiaques, etc. En outre, les petits chiens que l'on a modelés pour qu'ils possèdent un crâne écrasé et de gros yeux souffrent assez souvent de problèmes respiratoires ou de conjonctivite.

— Pourquoi a-t-on miniaturisé les chiens ?

— C'est le besoin humain de maternage qui a entraîné avec le temps la miniaturisation des animaux familiers, en particulier chez le chien. Les sélections ont été faites de manière à conserver, chez les animaux adultes, la taille et l'allure des chiots. Ils ont une face plate, de grands yeux, des formes arrondies, des membres courts, ce qui leur donne une démarche maladroite. Tous ces caractères infantiles provoquent l'attendrissement du maître ou de la maîtresse de l'animal.

– Qu'il s'agisse de domestication, de maternage, de dressage, ce n'est jamais l'intérêt de l'animal qui est recherché...

– Non, en effet, c'est avant tout celui du maître.

Pour le meilleur et pour le pire

– Les rapports que nous entretenons aujourd'hui avec les animaux familiers ne semblent pas foncièrement différents de ceux que l'on entretenait par le passé. Entre la zoolâtrie californienne qui conçoit aujourd'hui des salles de sport et des centres culturels pour chiens et ces villes antiques comme Cynopolis, la ville du chien, dans laquelle Médor était roi, il n'y a guère de fossé ?

– On peut relever deux différences fondamentales. La première réside dans la mercantilisation, déjà évoquée, du phénomène animal de compagnie dans le monde occidental. La seconde tient à la diversification des cultures et, donc, des « systèmes domesticatoires » qui s'est opérée avec le temps : par exemple, tandis que certaines cultures, comme la nôtre, valorisent le chien, d'autres au contraire, comme l'Islam, le considèrent comme un être impur, dénonçant son appétit pour les ordures, sa propension à se vautrer dans la fange, ses mœurs sexuelles incestueuses, son rôle dans la propagation de la rage...

– Et en Europe ?

– Les Européens ont toujours apprécié les chiens. Avec, toutefois, des différences d'estime et de traitement assez importantes entre, d'une part, les chiens de chasse pour les hommes ainsi que les chiens de compagnie pour les femmes, qui avaient droit à tous les égards, et, d'autre part, les chiens de travail (de garde, de berger), qui étaient traités plus durement et parfois même tués quand ils ne pouvaient plus servir.

– *Mais en règle générale, les chiens jouissaient en Europe d'un statut et en tout cas d'une liberté inconnus des autres animaux domestiques.*

– Oui, cet engouement a abouti au XIXe siècle à une prolifération des chiens que des réglementations comme l'impôt sur le chien, né en Angleterre en 1796, puis en France en 1855, ont tenté d'endiguer.

– *Pourquoi l'homme moderne continue-t-il désespérément de chercher à s'entourer d'animaux ?*

– Plusieurs explications complémentaires doivent être invoquées : la nostalgie de la nature et la montée de la sensibilité écologiste ; une certaine nostalgie, aussi, des familles très nombreuses qui poussent à acquérir des animaux pour remplacer des enfants que l'on ne veut plus avoir en aussi grand nombre qu'auparavant ; enfin, et surtout, le recul des liens sociaux traditionnels, la fragilisation des liens professionnels, l'effacement des rôles familiaux, qui font que les humains modernes attachent de plus en plus de valeur à la fidélité d'un chien ou à la liberté d'un chat. En d'autres termes, ce que nos contemporains aiment par-dessus tout dans leurs animaux de compagnie, c'est l'image d'êtres supérieurs, indispensables à la vie d'autrui, que ceux-ci leur renvoient d'eux-mêmes, comme par un effet de miroir, déformant peut-être, mais flatteur.

CHAPITRE 3

L'animal objet

L'histoire des animaux se poursuit dans le sillage de celle de l'homme. Mais parfois, lorsque l'homme cherche à manipuler l'évolution, les choses se gâtent...

Manger du cheval

– *L'engouement des Européens pour les animaux n'a pourtant pas empêché de les considérer comme des machines et de les asservir en conséquence. La Bible s'est d'abord chargée d'exclure l'animal de la Genèse. René Descartes a porté ensuite le coup fatal.*

– En se basant sur le fait que les animaux ne possédaient pas de langage articulé, Descartes a inspiré une conception mécaniste de l'animal. Sa théorie marque en effet un degré supplémentaire dans l'accession de l'homme à la position dominante sur les autres créatures que lui accordent les théologies monothéistes. Sous l'influence de Descartes, le cheval est perçu comme une mécanique, prétexte commode pour le contraindre de toutes les façons. Le dressage est alors considéré par la noblesse comme le meilleur apprentissage, pour les jeunes aristocrates, du gouvernement des hommes.

– Des philosophes de l'Antiquité aux premiers mouvements de défense animale, la liste est longue de ceux qui se sont élevés contre cette vision mécaniste de l'animal ; il faudra pourtant attendre le XIXᵉ siècle pour que les prises de position soient plus tranchées...

– En fait, les choses sérieuses commencent dans la foulée de la Révolution française et de son idéal de libération des créatures opprimées : serfs, esclaves, animaux domestiques... Exactement à la même époque, le philosophe et juriste anglais Jeremy Bentham pose le problème du statut des animaux en des termes nouveaux : « La question n'est pas : peuvent-ils raisonner, peuvent-ils parler ? Mais : peuvent-ils souffrir ? » Dans chaque pays, des batailles ont ensuite opposé partisans et adversaires de la protection animale. La noblesse anglaise a marqué son intérêt en créant la première société de défense des animaux à Londres en 1824. L'apparente générosité de cette initiative était en fait dictée moins par la compassion envers les animaux – la *gentry* n'entendait nullement renoncer à la chasse à courre ! – que par l'idée, au paternalisme bien caractéristique de cette époque, qu'il fallait « éduquer le peuple » en l'obligeant à renoncer à ses divertissements dégradants comme les combats d'animaux.

– Puis en 1830, c'est la reine Victoria qui participe à la naissance de la Société royale pour la prévention de la cruauté, laquelle interviendra d'ailleurs auprès de Napoléon III, en 1862, au sujet des conditions dans lesquelles les animaux sont expérimentés dans les labo-

ratoires du Collège de France et des écoles vétéri-
naires...

– Oui. Le mouvement d'intérêt pour la protection des
animaux né sous l'impulsion de la noblesse anglaise va
ensuite se propager à travers l'Europe, gagner les États-
Unis et trouver dans les milieux intellectuels et fémi-
nistes de fervents défenseurs. Pour la première fois en
France, une loi punissant les mauvais traitements aux
animaux domestiques est votée en 1850 sous l'impulsion du bonapartiste Jacques Delmas, comte de Gram-
mont. Dans la foulée est lancée une grande campagne
en faveur de l'hippophagie.

– *L'hippophagie dans les mesures de protection ani-*
male, vous voulez rire ?

– Pas du tout. On a commencé à manger du cheval en
France en 1856 à la suite d'une double campagne :
« hygiéniste », menée par des savants positivistes comme
Isidore Geoffroy Saint-Hilaire dans le but d'améliorer le
niveau de vie et de santé de la population croissante des
villes, et « protectionniste », à l'initiative du vétérinaire
militaire Émile Decroix et relayée par la SPA (Société
protectrice des animaux) pour faire cesser le spectacle
fréquent dans les rues de chevaux usés jusqu'à la corde
et mourant sous les coups des charretiers. L'argument
était que, si l'on voulait obtenir de la viande saine et
tirer d'un vieux cheval le prix de la boucherie, il fallait
le maintenir en bon état jusqu'à l'abattoir. Aujourd'hui
encore, dans les pays scandinaves, il existe des associations de défense animale qui prônent l'abattage des
chevaux et diffusent même des recettes de cuisine pour
accommoder leur viande.

– *Le cheval, qui fut jadis la force de l'homme, le partenaire de guerre et l'outil de travail, est désormais en train de devenir un animal de compagnie ?*

– Beaucoup de chevaux actuels sont ce que les professionnels du cheval appellent le « cheval-potager ». Le principe consiste à héberger un cheval dans un coin de son garage ou dans son jardin. C'est une pratique désormais courante. Ce cheval familial constitue en fait l'illustration de la position intermédiaire que l'espèce équine tend de plus en plus à occuper dans le système domesticatoire occidental entre le groupe des animaux de rente et celui des animaux de compagnie. Désormais, on ne respecte plus le cheval, « on l'aime » et on cherche en lui un « ami pour la vie ». On pouvait espérer que ses dimensions moyennes, 500 kilos et 1,60 mètre au garrot, suffiraient à mettre le cheval à l'abri du statut d'animal de compagnie. Mais avec l'arrivée des États-Unis du poney Falabella, « cheval d'appartement » de 50 centimètres de haut, et la toute récente invention des couches pour cheval, il faut déchanter.

– *Maintenant, l'animal familier a acquis un statut plus élevé dans les foyers occidentaux.*

– Dans les années 50, on jugeait immoral de montrer de l'attachement à des animaux alors que le monde était à feu et à sang. Un demi-siècle plus tard, l'animal de compagnie, devenu un facteur de santé psychologique, a conquis sa place dans la maison et règne en tant que membre à part entière dans la cellule familiale.

L'animal rédempteur

– Il y a là un paradoxe ou un clivage, en tous les cas un malaise qui s'illustre par cette fâcheuse tendance consistant, d'un côté, à humaniser les chiens et les chats, et, de l'autre, à n'accorder aucun intérêt aux animaux que l'on consomme.

– Justement, ce paradoxe est au centre de notre « système domesticatoire » occidental. Au point que l'on peut se demander si le fait d'aimer tellement nos animaux de compagnie n'aurait pas finalement pour fonction – une fonction rédemptrice en quelque sorte – de nous déculpabiliser d'élever pour les tuer et les manger, chaque année en France, un milliard d'animaux, toutes espèces confondues : bétail, volaille, etc. Ceux-là, on les ignore, on les méprise, on reste indifférent à leur sort.

– Un vrai sentiment de culpabilité ?

– Toutes les religions soumettent la consommation de viande à des codes, des interdits et des rituels complexes pour effacer le sentiment de faute qu'engendre le sacrifice de l'animal élevé. Dans les sociétés de chasseurs-cueilleurs, il existe, on l'a vu, des rituels de réconciliation avec les animaux que l'on tue car on craint qu'ils s'organisent pour échapper à l'homme ; de fait, on fraternise avec les vivants, on s'excuse auprès des morts, on veille à ne tuer que le nombre d'animaux nécessaire à la communauté, on adopte et on cajole les petits des adultes tués, etc. De la même façon, nous, Occidentaux zoophages, ne nous sentons autorisés à

146

manger certains animaux que dans la mesure où nous aimons très fort d'autres catégories d'animaux. Cette coupure entre les animaux de compagnie, qui occupent le haut du panier, et les animaux de rente, que l'on considère comme des choses, est caractéristique de la civilisation occidentale. Et ce fossé qui ne cesse de s'élargir, et que nous creusons en développant la masto-dontisation des premiers et la miniaturisation des seconds, renforce à mon sens la validité de l'hypothèse rédemptrice.

– Le spectacle de la mort a disparu de nos regards. La banalisation de la mise à mort et sa dissimulation font-elles partie de ces procédés visant à recouvrer une certaine innocence, tout au moins à conserver une bonne conscience ?

– Dépersonnaliser la relation entre l'homme et l'animal, voire le maltraiter pour rendre son exécution possible et s'épargner ainsi ce fâcheux sentiment de culpabilité, fait partie du processus. Il y a un siècle, les animaux étaient abattus en pleine ville, à la vue de tous. Puis les abattoirs ont été déplacés à la périphérie des villes dans la seconde moitié du XIXe siècle. L'abattage s'est automatisé, industrialisé, il est devenu massif, anonyme et invisible, et pas seulement pour des raisons d'hygiène et d'organisation rationnelle du travail..

– On ne sacrifie plus, on ne tue pas davantage, désormais, on abat ; un terme qui, selon l'anthropologue Noëlie Vialles, « désanimalise la bête » et l'assimile à l'arbre ou à la matière inanimée ?

– C'est tout à fait ça. Et cette dissimulation va jusqu'à gommer les signes de l'animalité sur les étals des bou-

147

cheries. La présentation « hyperconditionnée » des mets carnés a pour effet d'effacer l'apparence originelle de l'animal.

– *On veut bien consommer de la viande mais pas l'animal ?*

– C'est ça, oui. Nous voulons bien être des « sarcophages », mais nous ne supportons pas l'idée d'être des « zoophages », pour reprendre la distinction établie par Noëlie Vialles.

Les bêtes industrialisées

– *L'industrialisation de l'élevage a modifié aussi considérablement les rapports entre l'éleveur et ses bêtes. Les bergers vivant dans les alpages au contact de leurs brebis font désormais figure d'« espèce » en voie de disparition.*

– Aujourd'hui, neuf animaux sur dix sont élevés industriellement. L'automatisation de l'élevage permet à un seul homme de s'occuper de 20 000 poulets ou bien de 3 000 porcs, d'une centaine de veaux, de traire plus de 80 vaches à l'heure ou encore de surveiller à distance par satellite les déplacements de son troupeau au pâturage. Résultat : les caisses d'assurances agricoles notent une recrudescence des accidents du travail chez les éleveurs parce que ceux-ci ne savent plus manipuler les animaux.

– *Comment en est-on arrivé à cette forme d'élevage ?*

– Progressivement, sous l'effet à la fois de l'augmentation constante des besoins humains, qui exigeaient de produire toujours plus, et du progrès scientifique et technique qui permettait de résoudre des problèmes de plus en plus complexes. Ainsi, à partir du XVIIᵉ siècle, on commence à produire des plantes fourragères pour nourrir les animaux, à cultiver les prairies, à sélectionner des animaux adaptés à des fonctions diversifiées, à éradiquer les épizooties qui décimaient périodiquement les troupeaux. De nouvelles disciplines apparaissent comme la médecine vétérinaire et la zootechnie. Les premières écoles vétérinaires sont créées en France, en 1762 à Lyon et en 1766 à Maisons-Alfort. Puis, au XIXᵉ siècle, l'explosion industrielle marque un nouvel âge d'or de l'agriculture.

– Paradoxal ?

– Non. Là encore, il faut subvenir aux besoins de la population ouvrière en plein essor, conséquence d'un exode rural sans précédent. C'est la création des grands abattoirs puis, à la fin des années 50, la « fin des paysans » et la « seconde révolution française », l'installation des élevages industriels. Afin d'améliorer la productivité, on a remplacé la main-d'œuvre de traite par des machines à traire. Pour les poules pondeuses élevées en batterie dont certains poulaillers contiennent jusqu'à 50 000 animaux, la collecte des œufs se fait automatiquement. Les truies gestantes ne sont ni plus ni moins que des machines à produire des porcelets ; pendant deux ans, elles sont sanglées au sol en permanence. A huit jours, les veaux sont séparés de leur génitrice et placés plusieurs mois dans des boxes.

– Ces pratiques n'ont jamais existé auparavant dans l'histoire de la domestication ?

– Bien sûr que si. L'isolement et l'enfermement des animaux pour les engraisser, l'entravement, l'aveuglement sont des procédés qui ont été utilisés partout dans l'Ancien Monde. La différence, c'est l'ampleur et le caractère systématique de l'emploi de ces techniques d'élevage. Le stress en élevage intensif est tel qu'il entraîne des troubles physiologiques et comportementaux graves auxquels on remédie par des médicaments, des mutilations comme le débecquage des poulets, l'amputation de la queue des porcs, l'écornage des bovins, ou par des appareillages comme la pose des œillères, etc. Ces inconvénients vont tellement à l'encontre des performances « zootechniques » elles-mêmes que l'on peut se demander si ce type d'élevage ne correspond pas à une logique inconsciente, proche du sadisme. A l'hyperdomestication, à la surprotection et à la survalorisation des animaux familiers s'opposent radicalement la dédomestication, le maltraitement, la marginalisation des animaux de rente… Cela dit, les nouvelles techniques n'ont pas non plus que des inconvénients. Elles ont notamment permis de grands progrès pour la santé humaine en permettant l'éradication de terribles zoonoses comme la fièvre aphteuse qui était très contagieuse et se transmettait à l'homme. Il faut aussi se souvenir de ce qu'étaient les élevages traditionnels : étables insalubres et sales, animaux mal nourris, en mauvaise santé…

Quotas et rendements

– *L'industrialisation de l'élevage n'a-t-elle pas eu aussi tendance à uniformiser le cheptel et donc à*

réduire la diversité génétique des races domestiques
au point de causer la disparition de plusieurs d'entre
elles ?

– Si, bien sûr. Et c'est suicidaire, car le maintien de la
diversité génétique est une nécessité vitale pour l'avenir.
Conserver cette diversité des races domestiques est
devenu un réel problème. Chaque semaine à travers le
monde, une race disparaît. Quelque deux cents races
domestiques françaises sont ainsi menacées. Elles présentent pourtant une résistance aux épidémies, une rus-
ticité et un patrimoine génétique dont peut dépendre un
jour l'avenir de l'élevage dans le monde.

– D'où vient le problème ?

– Le mal vient de la mercantilisation à outrance de
l'agro-alimentaire qui entraîne, d'une part, l'abandon
des races dites peu rentables dans la production de
viande, de laine ou de lait, ou encore de celles utilisées
jadis pour le travail, comme les chevaux de trait, et,
d'autre part, la généralisation de l'insémination artificielle à partir d'un très petit nombre de géniteurs, d'où
une vulnérabilité accrue des grandes races, comme par
exemple la vache holstein pour le lait et le bœuf charo-
lais pour la viande, sur lesquelles repose l'essentiel de
la production.

– D'un pays à l'autre, on pratique l'élevage différem-
ment ?

– Toutes les formes d'élevage existent désormais sur
la planète, du système pastoral nomade, comme en Iran,
au stade intensif en stabulation permanente, en passant
par ces élevages extensifs modernes que l'on rencontre

dans les grandes plaines d'Australie, d'Amérique du Nord ou encore dans la pampa argentine pour pallier la faiblesse des précipitations.

— Et les objectifs poursuivis ne sont pas non plus les mêmes selon les espèces et les cultures.

— En effet. En Inde, par exemple, où existe le premier troupeau bovin au monde avec près de 200 millions de têtes — ce qui représente un bovin pour quatre habitants — et où la consommation de cette viande est interdite pour une question de religion, les buffles et les zébus sont utilisés pour le travail. Il y a aussi des évolutions économiques. Depuis 1840, le cheptel ovin ne cesse de régresser en France face à la concurrence de l'Australie et de la Nouvelle-Zélande, grands producteurs de moutons.

— L'amélioration génétique empirique par sélection et croisements existe pourtant depuis le début de l'élevage...

— Oui, mais elle a pris un tournant décisif à partir de la fin du XVIIe siècle pour se généraliser à partir de 1950 et améliorer la production. Chez les ovins, l'amélioration a permis d'obtenir des fibres de plus en plus longues, fines et résistantes. Le rendement des vaches laitières a augmenté. A titre de comparaison, les meilleures laitières françaises — holsteins, normandes — donnent jusqu'à 10 000 kilos de lait par an et par vache, alors qu'en Afrique le rendement moyen est inférieur à 1 000 kilos. D'une manière générale, les pays développés sont surproducteurs de lait, à tel point qu'il a été nécessaire d'établir des quotas de production au sein de l'Union européenne, c'est-à-dire de limiter les quantités produites par exploitation laitière, afin de régulariser les marchés.

L'animal humanisé

– *La sélection génétique naturelle et les insémina-tions artificielles sont une chose, mais, à présent, on peut aussi modifier directement le patrimoine génétique des animaux.*

– On appelle cela la « transgenèse ». Par la génétique, on continue d'améliorer le potentiel de certaines variétés animales pour doper leur croissance, les rendre résis-tantes à certains virus, réduire leur teneur en graisses. En recherche fondamentale, des animaux génétique-ment manipulés sont désormais utilisés pour produire des substances thérapeutiques à usage humain, notam-ment celles dont le défaut est à l'origine de maladies génétiques.

– *Comment s'y prend-on ?*

– On modifie le patrimoine génétique des animaux en y insérant des gènes humains de façon à le rendre proche de celui de l'homme. Avec cette méthode, on envisage aussi de greffer des organes animaux compa-tibles avec le système immunitaire de receveurs humains. En 1992 a été créé le premier porc transgénique dans un laboratoire anglais. Depuis, plus d'un millier de porcs du même génotype ont été produits. On estime à 6 mil-liards de dollars par an le profit que l'on tirera des 400 000 xénogreffes envisagées dans les années à venir.

– *Certains industriels envisagent déjà des fermes d'un autre type, où l'élevage de porcs, de moutons, de chèvres « humanisés » participerait à de nouveaux débouchés pour le secteur sinistré de l'élevage. Qu'en pensez-vous ?*

— Je pense que la production de tels animaux, si elle s'avérait nécessaire, ne devrait pas être laissée au secteur concurrentiel en raison des possibles dérives, notamment celle que laisse prévoir ou craindre le brevetage des génomes. L'humanité se retrouverait pieds et poings liés, et l'avenir des animaux en pâtirait.

— Les frontières entre les hommes et les animaux ne finiraient-elles pas par se confondre à long terme ?

— Si cela arrivait, il y aurait en effet un risque d'atteinte à la diversité biologique. Mais encore une fois, ce qui me fait vraiment peur, c'est ce phénomène de brevetage du vivant et des enjeux financiers qui le soustendent. C'est l'évolution à surveiller de très près. Si l'on se posait plus souvent la question « Est-ce que ce projet est bon pour l'avenir de l'espèce humaine et pour le monde qui l'entoure en général ? » plutôt que « Combien cela va-t-il bien pouvoir rapporter ? », cela changerait singulièrement les choses.

— On a chassé l'animal pour le manger, puis on l'a apprivoisé, domestiqué, élevé ; on a utilisé sa peau, sa force, sa chair. Aujourd'hui, on espère utiliser les vertus de ses organes. En définitive, s'approprier la force vitale des animaux est un vieux rêve humain.

— Peut-être… A cette différence près que les animaux manipulés d'aujourd'hui n'ont plus grand-chose d'enviable.

TROISIÈME PARTIE

Le temps de l'échange

CHAPITRE 1

Les bêtes dans nos têtes

Compagnons de la vie de tous les jours, les animaux sont aussi parmi les supports de notre pensée. Ils ont symbolisé nos croyances, peuplé nos contes et nos légendes, hanté notre imaginaire pour nous permettre de mieux nous comprendre.

Dans le secret des cavernes

– *Des peintures animales dans l'art rupestre aux œuvres de Géricault en passant par les calligraphies chinoises et les bas-reliefs égyptiens, il est impressionnant de constater à quel point les animaux ont toujours été importants dans notre imaginaire.*

– **Boris Cyrulnik :** C'est vrai. De tout temps, le monde des animaux a nourri l'esprit de l'homme.

– *Pour se comprendre lui-même ?*

– Pour comprendre le mystère du monde et celui de l'homme dans le monde. Pour étayer sa foi, symboliser une religion, une morale, une représentation du monde…

– *C'était déjà le cas pour nos ancêtres magdaléniens ?*

– Les animaux peints sur les parois des grottes ont été représentés avec une grande richesse de détails et des postures d'un réalisme éthologique surprenant parce qu'ils avaient produit sur les hommes une forte impression. En revanche, on constate que nos ancêtres n'ont pas dessiné d'animaux proches ni d'êtres humains, si ce n'est sous la forme de « Bonhomme-Têtard » comme les dessinent aujourd'hui nos enfants.

– *Pour quelle raison les enfants privilégient-ils cette forme ?*

– Les enfants commencent à peindre de manière naturaliste des objets qui les troublent alors qu'ils représentent les objets d'attachement – papa, maman, eux-mêmes – de manière distante. On peint avec précision ce qui nous bouleverse. On symbolise ce que l'on représente. Nos ancêtres ont été touchés par les animaux qu'ils chassaient, tels les aurochs, les chevaux, les mammouths, moins par les loups dont ils étaient proches.

– *Être impressionné par les animaux est une chose. Mais pourquoi avoir ressenti le besoin de les peindre ?*

– Les dessins des animaux épousent les reliefs de la roche et on peut imaginer que ces animaux s'animaient à la lumière tremblante des torches. Les hommes ont eu peut-être le sentiment que ces animaux étaient de l'autre côté de la paroi et imprimaient leur force à la roche, tout comme les chrétiens du Moyen Âge étaient persuadés que le rayon de soleil qui pénétrait dans l'église par les vitraux était un morceau de Dieu.

– *Il y avait déjà une dimension sacrée dans ces peintures pariétales ?*

– Je dirais : une dimension spirituelle. Ces animaux étaient vivants, on allait les voir vivre, ils représentaient quelque chose qui n'était pas là, mais qui possédait déjà une fonction métaphysique. Les premières formes d'art sont les sépultures et les représentations d'animaux, et l'art est né pour lutter contre l'angoisse de la représentation de la mort. Les hommes de cette époque ne jetaient pas le corps du défunt car ils savaient qu'ils allaient le retrouver durant la nuit dans leurs rêves, c'est-à-dire dans un autre monde. Donc, pour que les morts soient à l'aise dans cette autre dimension, les hommes qui leur survivaient leur offraient des nourritures, des bijoux, des plumes, des os, des colliers de dents et d'écailles, des lanceurs sculptés de formes animales.

La première pierre

– *Des éléments d'animaux transformés en objets humanisés ?*

– Oui. Avec l'apparition de l'outil taillé présidant les premières armes, les hommes se sont organisés autour de la technique. Alors la représentation que l'homme avait de la nature et de lui-même a complètement changé et c'est là que nous avons modifié nos rapports avec les animaux.

– *Comment ça ?*

– On pense que l'homme a commencé à lancer des silex taillés sur les animaux. Or, la plupart des animaux mordent le caillou qui les frappe, non la main qui lance la pierre.

– Pourquoi ?

– Parce qu'ils n'ont pas la même représentation de l'espace que nous. Les grands singes lancent sur les léopards menaçants des cailloux, des branches, des feuilles, et cela suffit généralement à dissuader les félins. Ils mordent l'objet et s'en vont.

– Donc, nos ancêtres ont commencé à lancer des cailloux pour tenter de se débarrasser des animaux qui les menaçaient ?

– Grâce à l'utilisation de ce premier outillage très simple, cela a probablement permis à l'homme de penser qu'il pouvait avoir une certaine maîtrise sur la nature et échapper à ses prédateurs félins. La chasse a ensuite renforcé ce sentiment de maîtrise en apprenant à donner la mort.

– En tuant l'animal à la chasse, l'homme maîtrisait enfin la vie ?

– Tout à fait. En abattant un animal, la victoire de l'homme préhistorique sur la nature a sans doute donné un prétexte à des rites et à des fables sociales et surnaturelles. Dès le début de l'aventure humaine, la signification de la viande est devenue fondamentale et même fondatrice. Le rituel du partage des viandes apparaît déjà chez les animaux : on le voit au sein des meutes de loups qui se répartissent les morceaux selon la hiérarchie dans le groupe ; on le voit encore chez les grands singes où celui qui partage détient momentanément le pouvoir. C'est un rituel animal qui n'est pas encore un rituel humain mais qui permet de coexister et de se coordonner autour d'une tâche commune comme la chasse ou le partage du gibier. On voit apparaître une structure sociale organisée autour de celui qui donne la mort.

– Le rôle de l'animal a donc été dès le départ d'une importance fondamentale dans la manière de socialiser les hommes ?

– Les animaux ont eu sur l'homme un effet civilisateur. Les rennes sont attirés par nos urines, mais ils ont peur de nous. Donc, il est possible de les côtoyer sans vraiment les domestiquer. Cela a créé la civilisation du renne qui est faite de nomadisme, de tentes, de chasse modérée. Les ruminants, ceux qui possèdent deux poches gastriques comme les vaches, sont plus stables, se déplacent moins vite ; ils sont donc plus malléables et plus faciles à sédentariser. De fait, ils ont probablement joué un rôle dans l'apparition du Néolithique, de la civilisation de la sédentarité et de la propriété privée alors que les rennes, eux, ont favorisé la civilisation du nomadisme et de la cohésion du groupe

Dragons et sirènes

– On vient d'évoquer la mort. Là encore, dans de nombreuses cultures, l'animal a été un conducteur des âmes ?

– Dans chaque civilisation, différentes espèces animales ont en effet joué ce rôle. Ce sont des animaux « psychopompes », c'est-à-dire qui assurent le transport des âmes vers l'au-delà. Dans la mythologie égyptienne, c'est à Anubis, le dieu à tête de chien, qu'a été dévolu ce rôle. Dans les rites chamaniques des peuples de l'Altaï, c'est le cheval qui guide l'âme du défunt. Dans la mythologie grecque, le lion protège l'âme des morts. En Chine, le coq blanc symbolise la vie renaissante triomphant de la mort. En Grèce, le serpent figure la réincarnation de l'âme des défunts. La liste est longue et l'imagination humaine fertile...

– *Au point d'inventer des animaux fabuleux totalement ignorés de la zoologie ?*

– Oui. On a cru pendant longtemps à l'existence du griffon, mélange d'aigle et de lion. Grâce aux convictions de l'historien Hérodote, on pensait que son nid était fabriqué dans l'or. L'existence de la Chimère crachant du feu est une figure importante de la mythologie grecque, tout comme celle de la licorne décrite par un médecin grec au IVe siècle avant notre ère. Il prétendait que sa corne réduite en poudre pouvait guérir l'épilepsie. Au Moyen Âge, des défenses de mammouth étaient d'ailleurs vendues pour des cornes de licorne. Les centaures, mi-hommes mi-chevaux, ont symbolisé la puissance animale alliée à l'intelligence humaine, et le phœnix, la vie après la mort car il renaît de ses cendres. Aujourd'hui encore, le yéti continue d'intriguer, tout comme le monstre du Loch Ness dont on commença à parler au VIe siècle ; sa légende prit l'ampleur que l'on connaît à partir de 1933 lorsque des aubergistes témoignèrent de l'existence de cet animal à deux pas de leur hôtel-restaurant.

– *Et le dragon ?*

– Son origine remonte à l'Antiquité. Les Vikings le sculptaient à la proue de leurs drakkars. Si la chrétienté assimile le dragon au diable, la Chine le révèle comme étant le symbole de la spiritualité. C'est un animal de bon augure.

– Et toutes ces créatures ont donné naissance à des centaines de légendes, de contes et de traditions.

– Qui se ressemblent étonnamment d'une civilisation à l'autre. Ces monstres nous ont permis d'exprimer nos peurs, mais aussi nos espoirs. Il est difficile de faire le recensement des animaux dans les mythologies tant ils sont nombreux et multiples, mais on peut dire que, en règle générale, ils ont eu pour fonction de représenter un élément de la condition humaine. C'est encore le cas aujourd'hui lorsqu'on désigne le renard fourbe, le chien fidèle, la fourmi laborieuse. Les animaux ont un rôle moral car ils « parlent des hommes » grâce à un effet-fable. Ils deviennent des héros culturels. Les animaux-fétiches qui partagent notre quotidien ajoutent aussi un peu de fantastique : le chien ne parle pas, mais il comprend son maître. Tout comme la perception des formes animales célestes créées par la composition de groupes d'étoiles qui ont donné naissance à des divinations stellaires.

– L'astrologie ?

– C'est cela. Les animaux ont toujours été au cœur de l'astrologie de la plupart des peuples – les Incas, les Aztèques, les Chinois – et de l'astrologie occidentale bien entendu où l'on représente des animaux réels et des animaux fabuleux.

– Les animaux imaginaires ne sont pas pour autant dépourvus de fondement zoologique ; on dit que la

sirène par exemple serait née de la découverte de
phoques et de lamentins par des marins.

– C'est vrai. Certains animaux, vaguement perçus par
des voyageurs inspirés, ont provoqué des recompo-
sitions imaginaires. Cela a été le cas avec la découverte
des premiers orangs-outans, au début du XVIIe siècle,
qui a provoqué la naissance des satyres et des hommes-
singes. Au Moyen Âge, l'un des récits de voyage les
plus populaires en Europe fut un ouvrage fantaisiste
dans lequel l'écrivain Jean de Bourgogne décrit des
sirènes et autres animaux fantastiques. Son texte est
resté un document de référence pendant plusieurs siècles
alors que les récits de Marco Polo rentrant d'Asie et
décrivant tigres, rhinocéros et autres créatures bien
réelles lui valurent d'être tourné en ridicule et traité de
menteur.

Le bouc émissaire

– *En somme, l'homme a cherché à travers l'animal à*
exprimer ses fantasmes, sa religiosité, sa part obscure,
son énergie...

– Oui. Les formes, les comportements, les aptitudes à
la course, à la nage, au vol des animaux ont dû sans nul
doute paraître magiques aux yeux des hommes qui les
ont d'abord représentés sur les parois des cavernes.
Ensuite, ces attributs ont été modelés, interprétés par la
culture, utilisés pour parler de la condition humaine. Du
comportement de chaque animal sont nées des évoca-
tions, des émotions, des croyances qui varient d'une

civilisation à l'autre. Dans la plupart des traditions religieuses, et en particulier dans le bassin méditerranéen, le symbolisme du bouc est, par exemple, entaché de malédiction. Alors que chez les Indiens d'Amérique du Nord il est bienfaisant, pour le peuple d'Israël il a servi pendant longtemps à expier les péchés des Juifs, d'où le terme bien connu aujourd'hui de « bouc émissaire » : lors de la fête dite de l'Expiation, le prêtre devait immoler un bouc et en abandonner un autre au milieu du désert, symboliquement chargé de toutes les fautes des hommes.

L'animal ritualisé

– *Les animaux sont aussi au cœur des mythes fondateurs ?*

– Au IIe siècle avant J.-C., la légende dit que le Persan Mithra, dieu de la lumière, a immolé un taureau pour donner naissance à la vie, symbole de la victoire de l'homme sur sa nature animale. Cette fable fit l'objet d'un culte à Rome où ses adeptes ont répété et diffusé le sacrifice dans tout le bassin méditerranéen. En Italie, les initiés du culte mithriaque égorgeaient un taureau dont ils faisaient ruisseler le sang sur ceux qui voulaient renaître. Encore de nos jours, lors des sacrifices animaux, le sang de l'animal doit entrer en contact avec l'homme « possédé » pour s'imprégner du mal et en épurer l'homme.

– *La tauromachie vient-elle de ces vieilles traditions ?*

– Les courses de taureaux existaient déjà en Crète à l'époque préhellénique, il y a environ cinquante siècles.

Il s'agissait d'un rite d'initiation au danger. En France, les jeux taurins se sont pratiqués dans les Landes vers le XVIIIe siècle. L'homme y laissait souvent la vie. C'est sous l'impulsion de Napoléon III et de Goya que l'on s'est passionné pour la corrida actuelle, à travers laquelle la mort du taureau met en scène un rituel érotique et métaphysique où l'homme aux attributs efféminés (chignon, formes serrées, cape virevoltante comme une robe) tue le monstre merveilleux.

– *Les traditions ont la peau dure.*

– Oui, mais les rituels évoluent et finissent par disparaître. Il y a quelques années encore, les pêcheurs russes jetaient un cheval dans la Volga au moment de la fonte des glaces afin de s'assurer de bonnes pêches pour l'été suivant. En Inde aussi. Aujourd'hui, les rites d'intronisation des rois sont rediffusés à la télévision par satellite et commentés par des journalistes spécialisés alors qu'au XIIe siècle, en Irlande, le futur roi mimait l'union avec une jument blanche au cours d'une grande cérémonie à laquelle les dignitaires du royaume, le peuple et sans doute les journalistes de l'époque étaient conviés. Le prétendant au trône rejouait par cet acte le mythe de l'union du Ciel et de la Terre ; il se substituait au Dieu céleste pour féconder la Terre représentée par la jument. Puis l'animal était sacrifié, bouilli dans un grand chaudron dans lequel le futur roi devait ensuite se baigner, et la chair de l'animal était enfin partagée.

Chats battus

– Le statut du chat a-t-il évolué lui aussi ?

– Les chats sont aujourd'hui encore considérés comme des demi-dieux au Tibet et dorment sur nos lits d'Occidentaux, mais ils ont été désignés comme des représentants du diable dans la France médiévale après avoir été déifiés et élevés en Égypte notamment pour les sacrifices et la chasse au canard.

– Des chats sachant chasser le canard ?

– Les témoignages sont nombreux, peints sur les parois des tombeaux ou inscrits dans les textes. Les paysans avaient établi avec les animaux des liens particuliers que les artistes de l'époque ont souvent représentés, dont cette collaboration entre l'homme et le chat à l'affût de canards derrière des roseaux. En revanche, en Occident, du XVe au XVIIe siècle, les chats ont été tourmentés et torturés de mille façons : jetés du haut des tours, pendus, maçonnés vifs dans les murs et les fondations des maisons et des châteaux pour conjurer le mauvais sort et éloigner le diable. Une tradition médiévale améliorée au cours des siècles a même inventé un instrument musical tout à fait particulier : l'orgue à chats.

– C'est gai. C'était un instrument de torture ?

– Cela consistait à disposer plusieurs dizaines de chats dans une boîte percée de trous qui laissaient passer la queue de ces animaux. L'idée étant ensuite de tirer violemment dessus ou de la piquer à l'aide d'une pointe pour provoquer les miaulements aigus de douleur et de peur des animaux prisonniers. Au Moyen Âge, après les premières croisades, les chats que l'on brûlait représentaient les Arabes et le diable. A la Saint-Jean, qui coïncidait avec le début des récoltes, on enfermait des chats dans des sacs en toile ou dans un tonneau suspendus au-dessus du bûcher en flammes. La foule en liesse attendait que le sac ou le tonneau craque, que les chats tombent dans le brasier et s'enflamment. Lorsqu'ils s'enfuyaient comme des torches vivantes en hurlant, le jeu consistait à sauter au-dessus et à battre des mains, réjouis de voir le mal, les Arabes et le diable réunis réduits à néant. Le mal conjuré, la récolte ne pouvait être qu'excellente.

– *Les fameux feux de la Saint-Jean que l'on fête encore aujourd'hui sont donc issus de cette sinistre coutume ?*

– Oui. Preuve que les esprits évoluent. La plus importante crémation de ce type avait lieu à Paris en place de Grève. A cette époque, le futur Louis XIII demanda à son père Henri IV la grâce des bêtes condamnées et l'obtint.

Bêtes endiablées

– *Merci pour les chats. L'esprit occidental a toujours voulu croire que le diable habitait essentiellement les animaux ?*

– Tous les animaux ont été accusés à un moment ou à un autre de symboliser le Malin : les chats qui se débattaient quand on les plongeait dans les bénitiers ; les chauves-souris, que l'on appelait d'ailleurs les « mouches de l'enfer » ; les porcs chez les Napolitains ; les chouettes que l'on clouait sur les portes des granges ; les crapauds que l'on enterrait ; les taupes, les animaux noirs, signe de mauvais augure, et porteurs de messages funestes ; les animaux nocturnes ; les animaux albinos, car ils symbolisent la rupture avec Dieu qui est lumière… Beaucoup d'hommes aveugles ont péri ainsi sur les bûchers. Reste que le premier animal jugé et assimilé au diable fut le serpent de la Bible qui offrit une pomme à Ève.

– *La relation entre les hommes et les animaux commençait plutôt mal.*

– En effet. On a dit aussi que le diable, voulant imiter Dieu créant l'homme, inventa le singe.

– *Vous êtes sûr que l'on est en train de raconter la plus belle histoire des animaux ?*

– Oui, puisque les rites ont évolué et qu'aujourd'hui les chats dorment dans nos lits et ronronnent sur les tables des écrivains. L'histoire se poursuit et s'embellit avec le temps. Jadis, on élevait des enfants pour les sacrifier. Abraham a fondé le monothéisme en lutte contre le sacrifice des enfants pour initier le sacrifice des agneaux à la place des bébés humains.

– *Des premiers Égyptiens aux cultures brahmaniques et bouddhistes, en passant par les Indiens d'Amérique du Nord et les civilisations africaines, nombreuses ont été les civilisations qui ont sacralisé les animaux. Seul le christianisme a été aussi terrible avec l'animal. Pourtant, les quatre Évangélistes sont accompagnés d'animaux et l'Esprit saint est figuré par une colombe…*

– L'interprétation des animaux chez de nombreux peuples représente l'animal comme un petit frère. Le monde du vivant est unique et l'homme appartient à ce monde vivant. En revanche, l'homme occidental s'est affirmé dans sa vision anthropocentrique du monde comme le maître créé à l'image du Dieu judéo-chrétien qui lui a donné le pouvoir sur la nature. Cette conception est récente puisqu'elle est apparue au début de notre ère avec le monothéisme et s'est renforcée au cours du Moyen Âge, et cela malgré la tentative de saint François d'Assise au XIIIe siècle de réintégrer les animaux dans le monde des créatures de Dieu.

– *Le Dieu de l'Ancien Testament, à l'origine des trois grandes religions monothéistes, a donné tout pouvoir à l'homme et transformé l'animal en bouc émissaire ?*

– C'est en effet sur ce concept judéo-chrétien que la férocité de nos ancêtres à l'égard des bêtes a grandi et que perdure notre actuelle indifférence à leurs souffrances. Cela dit, les religions juive, islamique et chrétienne n'ont pas porté le même regard sur l'animal. Pour l'Islam, tous les animaux sont synonymes de souillure, en particulier le porc et le chien. Aux yeux de la religion juive, tous les animaux ne sont pas dignes d'être sacrifiés. Une liste détermine les animaux purs de ceux qui resteront à jamais impurs, mais elle reconnaît toutefois la sensibilité animale et l'existence de la faune comme une création de Dieu qui mérite d'être respectée.

– *Ces rites ont-ils gouverné également les habitudes alimentaires ?*

– Selon la Torah, la chair animale doit être débarrassée de son principe vital : le sang, qui représente la part réservée à Dieu, maître de la vie et de la mort. Il est également interdit de mélanger la viande qui représente le sang de l'agneau avec le lait de la mère, ce qui symbolise l'inceste. Seuls sont jugés purs les volatiles ayant des pattes palmées, les poissons avec des nageoires, les herbivores ruminants à pieds onglés.

– *Le porc a des pieds onglés ?*

– Oui, mais il n'est ni un herbivore ni un ruminant ; sa consommation est donc interdite. A éviter aussi : les poissons à écailles, car ces derniers sont considérés comme des animaux hors normes, non conformes à l'ordre supposé du monde tel qu'il a été déterminé par les Juifs anciens. Les poulets et les œufs sont chargés du même interdit dans une grande partie de l'Afrique et de l'Asie. Quant à la croyance magique selon laquelle la chair d'un animal communique ses qualités et ses vertus à celui qui les assimile, elle est restée bien vivante pendant des siècles. Aujourd'hui encore, on assimile la viande rouge et saignante à la force ; dans une optique d'opothérapie, on donne de la cervelle dans les services de neurochirurgie et du foie en médecine digestive.

Les cochons au bûcher !

– *Pascal Picq nous l'a expliqué. En comprenant avec Darwin que l'homme n'a pas fait l'objet d'une création particulière mais qu'il s'inscrit dans la longue histoire de la vie – pire, qu'il porte en lui les traces d'une parenté simienne –, notre amour-propre a subi une terrible*

blessure et notre regard sur les animaux s'est trans-
formé.

– Oui. La honte des origines altère la belle image
d'un homme tombé du ciel, c'est ce qui explique les
réactions passionnelles et le dégoût ressenti par la
question de la parenté simienne. Lors de la « bataille
d'Oxford », du 28 au 30 juin 1860, au cours de la réunion
de la Société royale pour l'avancement des sciences,
l'évêque d'Oxford, Samuel Wilberforce, s'opposa à
Thomas Huxley, que l'on surnommait « le Bulldog de
Darwin » et qui représentait justement Charles Darwin
absent. On prétend que Lady Brewster s'évanouit en
disant : « Si l'homme descend vraiment du singe,
pourvu que personne ne le sache », tandis que Huxley,
face à l'arrogance de Wilberforce qui l'interrogeait, sar-
castique, sur son degré de parenté personnel avec les
singes, répondit qu'il préférait de loin avoir pour ancêtre
un singe plutôt qu'un homme tel que lui « usant de sa
position et de son influence pour engager un public mal
préparé à récuser le progrès des idées ».

– *Les animaux nous fascinent et nous obligent à les*
haïr parce qu'ils incarnent ce que nous voulons cacher
de nous-mêmes ?

– J'ai honte de mes origines, de l'animal qui demeure
en moi.

– *Honte des origines ?*

– Le monothéisme nous a donné le sentiment d'être
des individus surnaturels en opposition aux animaux
considérés comme des êtres inférieurs. Alors que beaucoup d'autres cultures pensent que les animaux font

partie de nos structures de parenté et que la métempsycose nous réincarnera un jour sous la forme d'un animal. C'est le cas des hindous, des bouddhistes, des Indiens d'Amérique du Nord, des Bochimans d'Afrique australe, des peuples chasseurs en général. Le colibri était pour les Aztèques l'animal qui abritait les âmes des défunts.

— *Sur quels critères établit-on cette hiérarchie entre les hommes et les animaux ?*

— Ils ne parlent pas, ne possèdent pas d'âme, n'ont pas de droits.

— *Pourtant, il y a eu une époque où on leur a attribué une responsabilité puisqu'on leur intentait des procès et qu'on les jugeait devant des tribunaux pour humains ?*

— On en revient aux représentations symboliques. Ignorant l'animal réel, on jugeait le démon qui demeurait en lui. Une attitude fondée sur des préceptes bibliques. Moïse déjà réclamait que le bœuf qui tue un homme ou une femme soit lapidé. Du Moyen Âge jusqu'au siècle des Lumières, ces procès ont donc occupé les tribunaux ecclésiastiques et civils. Les huissiers battaient les campagnes pour assigner chenilles et mulots à comparaître.

— *Et si ceux-ci ne se présentaient pas, ce qui devait être généralement le cas ?*

— Ils étaient excommuniés. A tout moment, des animaux nuisibles pouvaient être condamnés pour avoir détruit des récoltes. La sévérité du jugement dépendait de l'ordre dans lequel les animaux étaient montés dans l'Arche de Noé. Si l'animal était reconnu coupable de crime, le bûcher, la potence ou l'enterrement vivant constituait la sentence. On a pendu des chats parce qu'ils avaient tué des souris un dimanche ; on a brûlé des cochons qui s'étaient attaqués à des humains un Vendredi saint, jour d'abstinence, ou qui avaient avalé des hosties bénites. On ne compte plus les truies, les taureaux et les chevaux qui ont été conduits au gibet pour y être pendus, généralement affublés de vêtements d'homme.

– *Pourquoi ?*

– Pour qu'ils soient personnifiés et reconnus pleinement responsables. Ignorant l'animal réel, on jugeait le Malin qui était en eux. Ensuite, les cadavres étaient exposés ou traînés par un cheval, puis brûlés sous les yeux des paysans invités à assister au spectacle en compagnie de leurs cochons à titre d'exemple.

– *On croit rêver devant tant de bêtise.*

– En ces périodes de terreur et de famine où la mort est quotidienne, surtout celle des enfants, exorciser les peurs de la population est vital. L'Homme avait besoin de fabriquer du pouvoir en s'identifiant au vainqueur. Le recul du temps nous permet de juger « bête » cette époque, mais je suis convaincu que notre époque scientifique commet, elle aussi, sa part de « bêtise » que nos successeurs jugeront avec condescendance.

– *Le processus qui consistait hier à exorciser ses peurs est le même qui alimente encore aujourd'hui les sacrifices animaux ?*

– Oui. On trouve, par exemple en Afrique comme en Europe ou aux États-Unis, des guérisseurs chargés de combattre la maladie de leurs patients en chassant les mauvais esprits qui, lorsqu'ils sont fâchés, rendent malades les corps de ceux qu'ils habitent. Au cours d'une cérémonie où le tambour, les danses et les transes se mêlent aux incantations, la guérison devient collective car toute la communauté à laquelle appartient le malade participe au rituel de la thérapie qui réclame, efficacité oblige, un sacrifice animal.

– *Quel est le but ?*

– Transférer les génies des corps qu'ils ont investis sur un animal sacrifié en leur honneur.

– *Encore un bouc émissaire.*

– Oui. L'ennui avec les humains, c'est qu'ils voient l'univers avec leurs idées bien plus qu'avec leurs yeux. De fait, l'histoire des animaux reste dépendante de nos cultures et de nos propres discours à travers lesquels transparaît encore l'idée d'une pyramide du monde vivant, couronnée par l'homme

Peurs et phobies

– *Vu la grande importance de l'animal dans l'imaginaire humain, il est naturel de le retrouver dans nos songes. Comment peut-on expliquer que les animaux peuplent les rêves jusque dans les crises de délirium tremens ?*

– Les peurs et les répulsions plongent très profondément dans les racines de notre propre histoire et de nos rapports avec les animaux. Ces angoisses sont liées au mou, au froid, au visqueux, au velu, à ce qui porte des cornes, ce qui se déplace dans l'obscurité, à ce qui peut transmettre un poison, des lésions. Dans les crises de délirium, le cerveau des malades intoxiqués par l'alcool produit curieusement des « zoopsies » qui sont des hallucinations représentant de petits animaux incontrôlables et dégoûtants comme les rats et les serpents.

– *Pour quelle raison ?*

– Parce que ce sont des animaux qui déclenchent de fortes émotions, qui ont impressionné la mémoire humaine au point de s'y inscrire. Lorsqu'un humain délire, il voit des images intenses.

– *D'accord, mais pourquoi des serpents et des rats ?*

– Parce que, dans le discours social, ils représentent l'horreur absolue. Ce qui rampe, grouille et ce qui est velu déclenchent chez l'homme comme chez l'animal des émotions incontrôlables. Notre phobie du serpent est atavique et propre à tous les primates : dès leur plus jeune âge, les singes eux aussi paniquent. Nous craignons tous les animaux aux formes allongées, alors que ceux qui sont arrondis comme l'ours nous sécurisent et nous rappellent le ventre rond de notre mère. Nous avons peur des petites bêtes, des insectes et des souris qui sortent la nuit et représentent une foule insaisissable qui s'active pendant notre sommeil ; la phobie des araignées tient à ses pattes velues, nombreuses et pointues.

– *Les peurs ne sont pas raisonnables.*

– Non. La preuve : on a peur des loups alors qu'ils ont été nettement moins dangereux dans l'histoire humaine que les cochons qui ont dévoré un grand nombre de bébés. Pourtant, ce sont les loups qui peuplent les rêves des enfants, pas les cochons. On craint les animaux que l'on ne connaît pas.

– C'est curieux d'avoir entretenu cette peur du loup alors que nos ancêtres ont fraternisé avec lui au point de le domestiquer.

– Nous avons domestiqué des petits loups et sommes devenus proches du fruit de cet apprivoisement, c'est-à-dire du chien obéissant et dépendant de l'homme, alors que le loup incarne l'animal à l'état sauvage, la nature brute. L'homme éprouve un sentiment de crainte face à la puissance du vivant. Il faut désespérément se civiliser sous peine de revenir à l'animalité.

– Les peuples chasseurs ont pourtant entretenu un certain respect vis-à-vis du loup.

– C'est la raison pour laquelle, en dépit des massacres, les loups sont toujours là. Parce qu'il y a toujours eu chez l'homme une ambivalence qui trouve son origine dans l'histoire et la variété des cultures humaines, les légendes et les mythes. Les peuples chasseurs se sont identifiés au loup jusqu'à imiter ses comportements, sa façon de chasser, et ils l'ont érigé en modèle, en ont fait un mythe, parfois un ancêtre. Lors des rapports de force, on admire souvent ceux que l'on craint !

– Mais lorsque l'homme s'adonne à l'élevage et transforme sa relation avec l'environnement, la lutte avec le loup devient sans merci. L'animal rappellerait-il le fléau contre lequel l'homme a toujours dû lutter pour s'humaniser ?

– Oui. Les animaux donnent une forme vivante à nos projections psychiques. Dans le monde chrétien, le loup est la bête que Dieu envoie pour châtier les hommes, il est l'ennemi mortel de l'agneau symbolisant le Christ. Aujourd'hui encore, il fait partie de ces animaux déclencheurs de comportements irrationnels tout comme les chats l'ont été au Moyen Âge, les transformant ainsi en révélateurs de l'évolution de notre mentalité.

Des êtres « inférieurs »

— Justement, il existe désormais un clivage qui semble incompréhensible entre l'animal familier qui dort sur nos banquettes et l'animal de consommation que l'on chosifie et dont on a aseptisé l'abattage parce qu'on ne veut rien en voir.

— Vous dites « aseptisé » ; j'emploierais plutôt le terme « technicisé ». Les prouesses technologiques des abattoirs et des élevages industriels font que l'on habite désormais une espèce de monde virtuel où le commun des mortels n'est plus en mesure de se représenter l'animal en tant qu'être vivant, constitué de chair et de sang. Auparavant, lorsque l'on tuait un cochon, tous les enfants voyaient l'animal abattu après l'avoir entendu crier.

— Quelles en sont les conséquences ?

— Je crois que cela augmente la cruauté inconsciente parce qu'on ne se représente plus la mort de l'animal. Les enfants n'associent plus ce qu'ils mangent avec un être vivant.

— Si l'on a encore tendance à rester indifférent à la souffrance du bétail dans les élevages industrialisés,

il n'empêche que l'on pose désormais l'animal en victime de l'homme, ce qui n'a jamais été le cas auparavant.

– C'est vrai. En dehors de quelques rares conflits qui ont eu lieu entre certaines civilisations ou groupes humains comme les Égyptiens de Louxor en lutte contre les Juifs du Vᵉ siècle avant J.-C. (parce que les seconds sacrifiaient les moutons que les premiers vénéraient), on n'a jamais aussi fortement exprimé l'horreur de la brutalité envers les animaux qu'au milieu du XIXᵉ siècle. D'autre part, depuis cette époque, l'animal de famille révèle le développement de l'affectivité en tant que valeur culturelle. L'animal ne se contente plus d'entrer dans la maison et de parler du statut social du propriétaire, il vient aujourd'hui se loger et prendre sa place dans la famille.

– *Que faut-il en conclure ?*

– Que l'animal sert à combler la solitude du propriétaire. Ce qu'il faut remarquer, c'est que cette révolte contre les persécutions envers les animaux et cette tendance à les utiliser pour combler notre solitude indiquent un formidable changement. Notre représentation de l'animal lui donne une importance majeure. Au XIXᵉ siècle, lorsqu'on descendait un poulain dans les mines, c'était pour le remonter à la fin de sa vie et il arrivait qu'il soit parfois décoré pour les services qu'il avait rendus. Par ailleurs, d'autres chevaux, blessés, étaient considérés comme des outils cassés que l'on ne soignait pas et que l'on jetait.

– *On ne savait pas ou on ne voulait pas les soigner ?*

– Appliquer à l'animal une science découverte pour le bénéfice de l'homme a été interdit par le clergé pendant longtemps.

– *Hippocrate, médecin grec de l'Antiquité, refusait déjà qu'on applique aux animaux les secours de l'art divin de la médecine réservé aux hommes.*

– C'est vrai. La création des écoles vétérinaires a été empêchée jusqu'au XVIIIe siècle. Elles sont nées avec Diderot et les Encyclopédistes, époque où l'on a osé enfin appliquer à des êtres jugés « inférieurs » les bénéfices d'un savoir acquis par des êtres élus « supérieurs ». Ces écoles ont été fondées devant la nécessité de faire face aux épizooties qui causaient la mort d'un nombre important de chevaux et menaçaient aussi la santé de l'homme. Très vite, la recherche et l'enseignement se sont étendus à l'amélioration du cheptel domestique en général.

– *Que pensez-vous de ces formulations sur la qualité dite « inférieure » ou « supérieure » des animaux, encore largement utilisées de nos jours ?*

– Elles résultent d'un concept de la vie complètement erroné et n'ont pas plus de légitimité que la catégorisation des espèces utiles et des espèces nuisibles. Les renards dits « nuisibles » empêchent en chassant les rats le développement de certaines épidémies et protègent les récoltes. Ces notions de « supérieur » et d'« inférieur » résultent d'une représentation sociale des hommes, où certains seraient de sang bleu et d'autres sans valeur.

– *Les animaux ne sont donc pensés en victimes que depuis une trentaine d'années ?*

– C'est cela. Avant, l'animal ne pouvait être considéré comme tel puisqu'il s'agissait, selon la logique de Descartes dans les années 1630, d'une machine dénuée de raison opposée à l'homme pensant doué d'une âme.

– *Il fallait dévaloriser l'animal pour pouvoir l'exploiter ?*

– Oui. Certains parmi nous pensent encore qu'il existe un fossé entre l'homme et les animaux avec lesquels nous ne partageons rien, ni le corps ni l'âme. Par conséquent, celui qui détient la parole et les armes a le droit d'exploiter et d'abattre celui qui ne les possède pas sans risque de passer devant la justice des hommes.

– *Ce raisonnement a eu des conséquences sur l'homme.*

– Oui. Quand on désire éliminer une population, le processus est simple : on la rend vulnérable sur le plan social, notamment en lui interdisant certains métiers, puis on démontre qu'elle est moins intelligente que la norme et, enfin, on la bestialise en faisant une analogie avec un animal dit nuisible, tels le rat, le serpent ou le renard – un animal qui déclenche l'horreur – et alors il devient « moral » d'éliminer ces hommes-là.

– *En somme, l'affection ou la haine que nous ressentons depuis toujours à l'égard des animaux nous a servi à rejeter d'autres hommes.*

– Exactement. De la même façon, plus on découvre les animaux, plus on souligne la condition humaine. Les animaux ont une histoire, mais c'est nous qui l'écrivons avec nos affects et nos représentations.

— Leur histoire, c'est finalement l'histoire de notre regard sur eux, différent selon les époques et les lieux.

— C'est cela, et le réel, lui, est ailleurs. Dans les mondes mentaux des animaux…

CHAPITRE 2

Leur monde à eux

Si les animaux nous ont donné la possibilité de nous humaniser, nous n'avions, jusque-là, jamais tenté de faire leur connaissance. Autant d'espèces, autant de mondes différents.

A chacun son univers

– *Où se situe la ligne de démarcation entre l'homme et la bête ?*

– La parole est paraît-il un bon marqueur : il a été énoncé en Occident par les Grecs, il y a vingt-cinq siècles. Mais, dans ce cas, les nouveau-nés, les sourds et muets, les aphasiques et les comateux qui n'ont pas accès au langage sont-ils des hommes ?

– *Ce serait ces métaphores de la coupure entre l'homme et l'animal qui nous auraient conduits à hiérarchiser les êtres vivants ?*

– Oui. Les sourds ont été interdits de pensée, ce qui a fait d'eux des débiles. Dès qu'on leur a appris le langage des signes, leur débilité a disparu. Les enfants qui ne parlaient pas ont été jugés incapables d'éprouver de la douleur. Les femmes ont eu de justesse une âme. La distinction entre l'homme et l'animal est idéologique. Depuis tout juste vingt ans, la technologie moderne nous permet de mieux découvrir les mondes mentaux des animaux, et la neurobiologie permet de préciser la notion de représentation.

– *En quoi cela consiste-t-il ?*

– Un organisme est capable de représentation dès qu'il peut reproduire une information passée, c'est-à-dire, comme pour toute mémoire, rappeler le souvenir d'un événement, apprendre. Le scanner montre à quel point le cerveau acquiert ces aptitudes sous l'effet des pressions du milieu. La caméra à positons révèle qu'un être vivant peut répondre à une stimulation venue du cerveau et de son aptitude à la mémoire et non plus seulement à une stimulation de l'extérieur. Or, la plupart des animaux sont capables de cela.

– *L'idée de l'animal dénué d'intelligence et uniquement animé par l'instinct…*

– … ce terme n'a aucun sens. Là aussi, il s'agit d'un concept idéologique qui a été inventé au XVIIIe siècle pour séparer l'âme et le corps et faire des animaux des machines à jeter après usage. Il y a 2 400 ans, le philosophe grec Aristote, qui fut aussi l'un des premiers naturalistes, explique que l'intelligence est un processus continu entre les animaux et les hommes. Chaque être vivant a sa propre intelligence ; il y a le propre du ver de terre, le propre de l'homme. Pour chaque être vivant, le monde est cohérent, porteur de sens, chargé de significations. Un monde de sangsue n'est pas un monde d'homme qui n'est pas non plus un monde de souris.

– C'est-à-dire ?

– Un serpent vit dans un monde peuplé d'infrarouges où il perçoit le moindre écart de température. Une chauve-souris évolue dans un univers d'ultrasons, très différents du monde d'infrasons des éléphants. Les oiseaux habitent un environnement où la plus infime modification d'image et de couleur constitue pour eux une information énorme. Les sangsues perçoivent les ombres et les variations d'humidité. Les singes sont doués pour reconnaître les formes des visages et les structures vocales. Les hommes, eux, voient souvent mieux ce qu'ils pensent que ce qui est.

– Il existe autant de mondes mentaux qu'il existe d'espèces animales ?

– Voilà. Chaque être vivant placé dans un même environnement percevra des significations différentes. Le naturaliste allemand Jacob von Uexküll a, dans les années 30, appelé *Umwelt* cette notion de monde propre subjectif de l'animal qui prend en compte ses organes sensoriels. Chaque animal perçoit le monde que son système nerveux façonne.

Paysages d'odeurs

– Donc, c'est grâce à l'équipement sensoriel qui lui est propre que chacun appréhende son environnement.

– A sa manière. Un animal dans un paysage peut être perçu par un autre comme une ombre floue sans intérêt ou au contraire comme une odeur alléchante, ou un possible festin, ou un danger. Par exemple, l'œil de la mouche, qui se compose de 3 000 facettes, lui permet d'avoir une vision à 360 degrés, de distinguer 100 images par seconde, soit dix fois plus que nous, et la rend spécialiste des ultraviolets, de la lumière polarisée et du traitement des paysages en mouvement. L'escargot réagit à l'humidité et aux changements de lumière. La vision frontale des prédateurs leur permet d'apprécier le relief et les distances, alors que la vision des herbivores est panoramique et spécialisée dans la détection des mouvements sans pour autant pouvoir évaluer les distances. Le serpent perçoit le profil thermique d'un être vivant à sang chaud et ses variations de température grâce à deux fossettes nerveuses situées entre l'œil et la narine ; les baleines tout comme les éléphants communiquent par des sons de basses fréquences inaudibles pour l'homme qui leur sont utiles pour communiquer dans un rayon de plusieurs dizaines de kilomètres parce que peu atténuées par les obstacles de l'environnement ; les requins sont sensibles aux microchamps électriques produits par les corps même cachés sous le sable et au moindre espacement de deux molécules de sang.

– *Chaque animal dispose de ses propres capteurs sensoriels dont les spectres de sensibilité sont largement différents des nôtres ?*

– Oui. Il existe une grande variété de modalités sensorielles qui permettent de percevoir un monde d'objets et qui nous rappellent que ce que nous voyons n'est finalement que le résultat d'un traitement d'informations à partir de récepteurs spécialisés. C'est d'ailleurs ainsi que les animaux dont les yeux sont atrophiés, comme la taupe et certaines espèces de poissons vivant dans les grands fonds marins, sont dotés de structures nerveuses qui leur permettent de se repérer, de communiquer, de se nourrir. Chez la taupe, les poils sensoriels que l'on appelle des « vibrisses », comme pour les moustaches du chat, et d'autres facultés tactiles compensent largement l'absence de vision. Chez le dauphin et la chauve-souris, on parle d'« écholocation ».

– C'est-à-dire ?

– C'est un système de perception qui permet aux cétacés de percevoir les objets et leur forme. Ils produisent des clics ultrasonores de 25 à 250 kHz dont ils analysent ensuite l'écho réfléchi.

– Les images mentales des animaux nous sont donc interdites ?

– Disons qu'elles sont étranges pour des interprétations humaines. L'idée que je me fais d'un animal n'a absolument rien à voir avec ce que lui perçoit de son environnement ou de moi-même. C'est ce qui explique que lorsque je m'avance vers un chien que je ne connais pas la main tendue, paume en avant et les dents découvertes par un large sourire, celui-ci peut me percevoir comme une terrible menace ou une tentative de domination alors que je veux simplement le caresser.

– Donc, les animaux existant dans un même milieu, par exemple une forêt, vivent dans un espace et dans une temporalité qui leur sont propres, qui ne sont pas ceux du voisin ?

– Les mondes sont vécus différemment selon les individus. Ainsi une fleur n'aura pas la même signification pour un herbivore, une abeille qui la butine, une araignée qui pond ses œufs, une femme qui la respire. Pourtant, ces mondes sont interdépendants. Chacun d'eux agit sur l'autre, et pourtant, chaque être vivant le perçoit à sa façon.

– *On imagine que cela dépend de son système nerveux...*

– Bien sûr. Dotée d'environ 20 000 neurones seulement, une sangsue de mer peut résoudre tous ses problèmes de sangsue et mener une vie particulièrement heureuse. Un oiseau possède un cerveau capable de résoudre un tas de problèmes complexes. Un mammifère peut vivre dans un univers non perçu, et un homme, par la parole, est capable d'évoluer dans un monde composé de signes verbaux. Plus un cerveau est capable de représentations, plus il peut penser un monde absent, c'est-à-dire qu'il lui est possible de traiter des informations passées et non plus seulement de réagir à des perceptions.

Les insectes pensants

– *Le cerveau de l'animal est-il si différent de celui de l'homme ?*

– Notre cerveau est construit selon les mêmes principes que celui des animaux. On peut schématiser en disant que le cerveau originel, celui que l'on retrouve chez les êtres vivants les plus simples et qui règle les problèmes de survie comme le sommeil, la température, les hormones, etc., est enfoui sous celui des émotions, peu apparent chez les reptiles, mais très développé chez les mammifères, lui-même chapeauté par le fameux cerveau de la raison qui traite principalement les associations, les images visuelles et sonores et chez l'homme la parole.

— *Donc les apprentissages ?*

— Oui. Ce qui veut dire que les cerveaux se complexifient sur l'échelle de l'évolution. Il n'y a donc pas coupure entre l'homme et l'animal. On vit à la fois dans le monde du serpent en étant soumis à des besoins élémentaires, mais aussi, et ce depuis l'émergence du langage, dans un monde d'artifices, de symboles et de techniques spécifiquement humain.

— *Attribuer une conscience, une pensée à l'animal, c'est suspect ?*

— La conscience a existé dans le monde vivant bien avant l'homme. Elle n'est pas de nature spirituelle, ni d'essence surnaturelle et n'est pas davantage le résultat d'une combinaison neurochimique. Pour qu'elle se manifeste, il faut que l'être vivant réponde à une représentation et non pas à une perception. Or, la représentation est possible, on l'a vu, dès que le phénomène de la mémoire apparaît. A ce moment-là, l'être vivant est capable d'apprentissage et répond à ce qu'il se représente et non plus à ce qu'il perçoit. La capacité animale de former une image de soi, d'éprouver des émotions, de mémoriser, de rêver est donc bien réelle même si elle est graduelle car variable selon les espèces.

— *Mais seul le système nerveux des vertébrés est capable d'organiser des représentations.*

— Non. De nombreux insectes, des mollusques et des crustacés sont aussi capables de mémorisation et d'apprentissage. Les invertébrés sont loin d'être des automates sans conscience, ils organisent les informations selon des processus complexes dont les bases neurobiologiques sont identiques au fonctionnement du cerveau des vertébrés.

– *En quoi la conscience des animaux diffère-t-elle alors de la nôtre ?*

– Nous possédons comme eux cette conscience émergente qui est produite par notre système nerveux. Mais ce qui nous rend capables de parler, c'est-à-dire de nous mettre à la place de l'autre pour passer la convention du signe, ajoute chez l'homme une autre nature de la conscience ; quand les mots de l'autre modifient notre conscience, on peut alors parler de conscience partagée.

– *Est-ce que les animaux possèdent cette capacité de se projeter dans l'avenir ?*

– Quand les chiens se postent devant la porte en regardant la poignée, puis nous regardent et répètent ce manège plusieurs fois, c'est qu'ils anticipent probablement quelque chose. Les grands singes ont une anticipation beaucoup plus profonde car ils peuvent ôter les brindilles d'une branche d'arbre afin de fabriquer une « canne à pêche » et ne s'en servir que plusieurs heures plus tard pour pêcher des fourmis ou des termites. La loutre qui ne parvient pas à casser un coquillage peut le mettre de côté, aller chercher une pierre et revenir briser le coquillage momentanément abandonné.

La belle et la bête

– *Il y a là une formidable continuité entre les êtres vivants !*

– Aristote n'avait pas tort. Il existe bel et bien, entre l'homme et l'animal, un répertoire commun que nous a révélé l'éthologie comparée. Tout l'enjeu réside dans le fait de démêler les analogies sans risquer de confondre nature humaine et nature animale.

– *L'étude de l'animal permet-elle de mieux comprendre la génétique du comportement des hommes ?*

– Oui. C'est cela. Le terme même d'« éthologie » fut créé vers 1790 par le biologiste français Étienne Geoffroy Saint-Hilaire, qui fut aussi l'un des premiers, avec son maître Georges Cuvier, à développer l'anatomie comparée. Mais il faudra attendre les travaux des véritables pionniers dans les années 1930, tels Jakob von Uexküll, Konrad Lorenz, Nicolas Tinbergen, Karl von Frish, pour expliquer le comportement des espèces animales. Jusque-là, l'observation des animaux par les scientifiques qui plaçaient des animaux d'expérience dans des conditions de laboratoire aboutissait soit à comparer les animaux aux hommes, soit à les considérer comme de simples mécaniques, soit à poser aux animaux des problèmes humains, sans tenir compte de la spécificité du rat, du pigeon ou de l'homme.

– *En quoi l'approche des chercheurs modernes va-t-elle différer ?*

– Ils vont privilégier l'étude en milieu naturel. Un animal observé en laboratoire ne manifeste pas du tout les mêmes comportements que le même observé en milieu naturel. Quand le scientifique croit que le rat est conditionné par une récompense alimentaire, on découvre en fait que l'animal a changé son comportement dès que l'homme a touché la poignée de la porte du laboratoire. En milieu naturel, en revanche, nos capteurs modernes, tels que jumelles et caméras, observent l'animal spontané, réel, à grande distance.

– *Le regard des éthologistes femmes est-il différent de celui des hommes ?*

– Et pour cause ! D'abord, les femmes acceptent de vivre avec les animaux en milieu sauvage. Si les hommes le font aujourd'hui, ce sont les femmes qui ont été les premières à tenter l'expérience, en particulier celles que l'on a appelées « les anges de Leakey » du nom de leur mentor, le paléanthropologue Louis S. Leakey. Jane Goodall a entrepris des recherches sur les chimpanzés en Tanzanie dès le début des années 60 ; Diane Fossey a été tuée en 1985 par des braconniers alors qu'elle étudiait les gorilles au Rwanda ; Biruté Galdikas observe et cohabite avec les orangs-outans à Bornéo depuis trente ans ; d'autres encore, comme Shirley Strum qui a consacré sa vie aux babouins… Ensuite, contrairement aux hommes, les femmes n'établissent pas de rapports de force. Elles ne suscitent pas l'hostilité des mâles, mais la curiosité, la tolérance, voire l'indifférence apparente.

– *Concrètement, en quoi l'observation d'une femme est-elle différente de celle d'un homme ?*

– Les postures et les graphiques d'observations ne sont pas les mêmes, et les mots ont un sexe. Quand un éthologue homme emploie le mot « domination », ce mot est connoté de rapports de force, de compétition, de prise de pouvoir dans un espace privilégié, alors que, lorsqu'une éthologue femme fait une observation sur les rapports de domination dans un groupe animal, ce même terme désigne un autre morceau de réel : c'est l'animal autour duquel se coordonnent le plus d'offrandes alimentaires, de structures affectives…

– *Résultat : un homme et une femme étudiant les rapports de domination au sein d'un même groupe d'animaux ne désigneront pas le même animal ?*

– Voilà. L'observation est fortement sexuée. On emploie les mêmes mots, mais ils ne désignent pas les mêmes choses. En revanche, tous les éthologues ont tendance à donner un nom aux animaux observés de manière à pouvoir les repérer. Quand on nomme un animal, on ne le confond pas avec un autre, on le personnalise.

– *Une démarche qui n'a pas été bien perçue par la communauté scientifique ?*

– On a fait des tas de reproches à ces femmes parce qu'elles n'avaient pas poursuivi un cursus universitaire classique. Il n'empêche que ce sont elles qui ont révolutionné la discipline. Elles ont osé vivre avec les animaux et ont rapporté des études brillantes.

– *Pourquoi les animaux sont moins agressifs avec les femmes ?*

– Les signaux sexués sont perçus par les animaux. De fait, ils savent parfaitement si c'est un homme ou une femme qui les approche. Avec un homme, la distance de fuite est toujours plus grande. Par une femme, ils se laissent approcher. Les femmes font preuve d'une plus grande patience, acceptent de se soumettre ou de se retirer lorsque c'est nécessaire. Leurs gestes sont lents, souples, le son de la voix est doux. C'est en se fondant dans l'environnement des animaux qu'elles ont réussi à intégrer les groupes, ou à rester à la périphérie pour observer leurs activités au quotidien. Cela dit, tout n'est pas parfait. Il arrive aussi que les femelles singes, par exemple, fassent des boulettes d'excrément et les jettent sur les visiteuses, mais pas sur les visiteurs ! Il y a déjà là l'expression d'une rivalité féminine inter-espèces.

– *Qu'est-ce que ces femmes chercheurs ont apporté de si fondamental ?*

– Elles ont bouleversé les idées préconçues en ce qui concerne la frontière entre l'homme et l'animal. Par exemple, l'outil a été et reste encore un critère de démarcation entre hommes et bêtes. Lorsque Jane Goodall est rentrée d'Afrique en apportant la preuve que les chimpanzés utilisent des branches d'arbre qu'ils effeuillent pour aller chercher des fourmis au fond des trous ou qu'ils utilisent des cailloux et des souches pour casser des noix, on a douté. Le combat que Diane Fossey a mené dans ses montagnes a alerté l'opinion publique. L'histoire de l'évolution de la primatologie est donc significative du regard porté sur les animaux. Alors que la hiérarchie de dominance des mâles était représentée comme le principal modèle sur lequel repose l'organisation des groupes, les femmes ont montré une grande diversité de l'organisation sociale des primates. Les méthodes de collecte des informations ont évolué parallèlement.

Les oiseaux aiment le beau

– *Ces outils, utilisés par les animaux justement, sont-ils la preuve d'une intelligence animale ?*

– L'intelligence n'est pas mesurable contrairement à ce que pensent ceux qui inventent des tests pour déterminer le quotient intellectuel des enfants. Elle n'est déjà pas directement observable chez l'homme, alors comment la définir chez l'animal ?

– *Je vous le demande.*

– Disons que l'étude du comportement des animaux nous fournit des indications sur leurs capacités cognitives. Les animaux sont capables de percevoir des régularités, de résoudre des problèmes d'espace et d'utilisation d'outils, de faire des généralisations et des calculs d'images. Ils élaborent une stratégie psychologique comme mentir, feindre une blessure pour détourner l'attention d'un prédateur menaçant un jeune, ou attendre, lorsqu'on est un grand singe, que le gardien d'un laboratoire s'absente pour ouvrir la cage. Ils sont capables d'organiser des actions complexes et de maîtriser des techniques, tels l'oiseau tisserand qui construit des nids très élaborés ou les termites qui érigent des édifices incroyables, qui nécessitent une collaboration entre congénères pour parvenir à une perfection géométrique. Dans ce cas, aucun individu n'est intelligent, c'est l'ensemble qui résout le problème en trouvant mille minuscules solutions.

– *Comment font-ils pour construire ? Ils possèdent une méthode qui se transmet génétiquement ou ils formulent une image mentale selon les situations ?*

– Tout dépend des espèces. Des abeilles construisant une ruche répondent à un processus héréditaire, et chacune, finalement, corrige les erreurs de l'autre, alors que l'initiative d'un castor pour colmater une brèche dans un barrage répond à une représentation, à la capacité de planifier une action.

– *Les oiseaux à berceaux de Nouvelle-Guinée, au moment de séduire leur partenaire, récoltent plusieurs matériaux et prennent un temps infini à les associer en forme de tonnelles ou de corridors, puis à les orner d'objets de formes et de couleurs différentes : des morceaux de verre, des coquilles d'escargot, des fruits, des fleurs... Ces animaux sont-ils sensibles à la beauté ?*

– S'il y a une physiologie de la beauté, comme le soutiennent certains neurologues, je pense qu'on peut dire que ces oiseaux éprouvent une sensation de beauté devant des objets de couleurs différentes. Ils les disposent pour attirer la femelle exigeante vers leur nid ; elle va sélectionner les ornementations les plus stimulantes pour elle, dont peut-être en effet celles qui déclenchent une sensation de beauté.

– *Ce qui oblige les mâles à se casser davantage la tête pour rivaliser avec la construction du voisin.*

– Voilà. Un tel chantier dure plusieurs mois. Certains vont jusqu'à prélever des fibres d'écorce sur les arbres pour en faire un pinceau, le tremper dans un mélange de jus de baie et d'eau et teindre l'allée qui mène à leur nid d'amour.

Les laveurs de patates

– *Les animaux sont-ils capables d'invention ?*

– J'emploierais plutôt le terme d'« innovation » ou d'« adaptation ». D'ailleurs, vivre implique une aptitude à l'innovation. Les grands singes parviennent à résoudre des tas de problèmes : ouvrir des portes, empiler des caisses les unes sur les autres pour attraper un objet en hauteur, se protéger de la pluie avec un parapluie de feuilles, fabriquer des éponges en mâchant un peu de feuilles… Les animaux ont une capacité à s'adapter à des situations inconnues en trouvant des solutions, en vivant des expériences nouvelles et en transmettant les résultats de cette adaptation. Un des exemples les plus célèbres est celui des macaques laveurs de patates douces au Japon, sur l'île de Koshima.

– *Que font-ils donc ?*

– Un beau jour, une jeune femelle de dix-huit mois décida d'aller laver des pommes de terre couvertes de sable dans l'eau de mer. Les petits ont observé leur mère, puis l'ont imitée. Ce fut ensuite le tour des autres femelles et pour finir celui des vieux mâles, les plus résistants au changement. Au bout de trois générations, les petits qui ne lavaient pas les patates recevaient des tapes.

– *C'est l'observation qui permet l'apprentissage ?*

– Oui. Au début du siècle, les goélands ont bien failli disparaître, mais le développement de l'urbanisme a sauvé certaines familles qui se sont nourries de nos décharges. Nos progrès ont entraîné une véritable révolution culturelle chez les goélands, qui a été transmise aux descendances. Plus tard, lorsque les incinérateurs sont arrivés, les goélands adultes ont réappris à chasser à leurs petits. De la même façon, les mésanges anglaises ont appris à décapsuler les bouteilles de lait, ce que ne savent pas faire les mésanges françaises.

– *Une innovation comportementale peut être apprise par tout un groupe ?*

– Oui. Certains groupes de chimpanzés apprennent à casser les noix de coco avec une technique différente de celle des groupes voisins.

– *C'est aussi le cas pour les chants des oiseaux et des baleines qui incorporent des nouveaux sons dans leur partition musicale ?*

– Le chant est partiellement appris. Chaque oiseau, chaque baleine, chaque loup possède une signature musicale qui lui est propre et s'ajoute à la composante génétique qui caractérise l'espèce. Chaque groupe se transmet une sorte de tradition orale d'une génération à l'autre. De fait, on assiste chez les chimpanzés, les cétacés, les oiseaux, les loups à des dialectes régionaux. Les oiseaux et les baleines sont en outre capables d'imiter des sons et de les réutiliser dans leur propre contexte.

– *Plusieurs spécialistes, qui ont passé en revue cent cinquante ans d'études sur les chimpanzés, affirment que l'homme n'a pas l'apanage de la culture…*

– C'est vrai. Très récemment encore, deux primato-logues ont montré, après avoir observé des groupes de chimpanzés et de babouins dans le Parc national du Niokolo Koba, au Sénégal, que ces derniers étaient capables de filtrer l'eau pour se débarrasser des agents pathogènes que contiennent les mares. Les babouins, en creusant des trous dans le sable à la main ; les chim-panzés en se servant d'un bâton… Dans les deux cas, le trou se remplit d'eau et le sable avoisinant sert de « passoire » aux impuretés.

– *Que peut-on dire à propos de l'intelligence collec-tive ? Est-il vrai qu'une abeille ou une fourmi n'existe que par rapport à son groupe ?*

– Oui. On ne peut pas parler de l'intelligence de l'abeille ou de la fourmi mais de celle de la ruche ou de la fourmilière qui résout des problèmes…

– *Comment une intelligence peut-elle émerger d'un groupe aux capacités cognitives moindres ?*

– Un insecte seul, doté de son propre équipement sen-soriel, résout peu de problèmes alors que le groupe d'insectes peut trouver des solutions à des problèmes étonnamment complexes parce que s'est créée une unité basée sur la coopération et l'interaction entre individus. Des structures apparaissent, des sortes de castes bien différenciées au sein d'une même colonie. C'est vrai pour les insectes, c'est vrai aussi pour les pingouins lorsqu'ils doivent affronter des blizzards de plus de 150 km/h par –50 degrés C. S'ils étaient seuls, ils mour-raient de froid. Or, ils se réunissent en groupe et procè-dent très régulièrement à une relève de ceux qui sont en première ligne lorsqu'ils sont gelés, lesquels s'installent à l'opposé. Ce qui permet au groupe de conserver une température interne constante. S'ils restaient isolés, chacun finirait par mourir de froid.

– *C'est de la coopération ?*

– Oui et c'est surtout une bonne métaphore pour la condition humaine. Seul, on n'est capable de résoudre à peu près rien, alors qu'en groupe on peut faire autant de prouesses que d'horreurs.

Prisonniers des perceptions

– *Le groupe ne fait pas toujours preuve d'autant de bon sens lorsque par exemple les papillons vont se brûler les ailes aux ampoules électriques ou lorsque les lemmings, ces rongeurs d'Amérique du Nord, vont se jeter spontanément à l'eau au point d'y périr ?*

– Ils sont prisonniers de stimulations. Dans le cas des lemmings, chacun suit l'autre en cas de surpopulation. S'il y a une falaise ou une plage, ils meurent puisqu'ils répondent aux stimulations de celui qui est devant. L'homme observateur a l'impression d'un « suicide ».

– *Nous, nous avons cette liberté de ne pas être prisonniers de nos perceptions.*

– Oui, mais nous avons aussi la liberté de nous soumettre aux représentations sociales et culturelles, aux normes imposées. Donc nous changeons l'esclavage. C'est le propre de la condition humaine. Alors que le propre des phalènes qui volent vers les lampes ou les flammes pour s'y brûler est de répondre à une stimulation lumineuse qui les attire fortement. C'est ce qu'on appelle le « taxisme », qui est une réaction de l'organisme à un stimulus particulier. L'insecte va là où ses ailes lui commandent d'aller.

– *Les migrations font-elles partie de ces stimulations-pièges ?*

– Les migrations animales sont généralement motivées par la recherche de nourriture ou la reproduction. La langouste marche des centaines de kilomètres sur les fonds marins, le gnou parcourt environ 1 000 kilomètres dans les plaines africaines, les baleines en font jusqu'à 7 000 par migration. Ce sont les oiseaux qui détiennent les records de distance et d'altitude, comme la sterne arctique qui effectue un voyage aller-retour de plus de 30 000 kilomètres. La plupart de ces migrateurs sont équipés de calendriers internes, sortes d'horloges biologiques, directement liés aux rythmes physiologiques de leur organisme. Un état hormonal s'adapte aux informations écologiques, motive les animaux et leur indique que le moment est venu pour eux de partir.

– *Les parents transmettent-ils les trajets migratoires ou cela relève-t-il de la génétique et donc de l'inné ?*

– Probablement les deux. Chez les saumons, les oiseaux ou encore les anguilles qui parcourent des milliers de kilomètres sans dévier de leur route pour aller se reproduire dans la mer des Sargasses, la migration se fait par des réponses à des impressions et des stimulations écologiques. Les saumons se guident à l'odorat et ils reconnaissent leur route à l'odeur de l'eau. Si elle change d'odeur, ils la quittent. Les oiseaux, eux, répondent à certains types de stimulation de l'oreille interne.

Il y a des calcium et des corpuscules de magnétites qui leur permettent de trouver leur route en restant réceptifs à l'inclinaison du soleil.

La danse des abeilles

— Ils se servent du soleil comme d'une boussole ?

— Oui. Ce sont des indices physiques qui leur permettent de maintenir un cap grâce à la perception du champ magnétique de la Terre, comme un pilote en vol reconnaît les directions du compas. Ils possèdent aussi en mémoire la topographie des sites importants qui constituent leurs déplacements habituels comme les montagnes, les océans. Ils peuvent également percevoir des infrasons inaudibles à l'oreille humaine émis par des courants aériens qui les renseignent sur la présence lointaine d'un fleuve ou d'une chaîne de montagne.

— Comment les abeilles se renseignent sur leur environnement ?

— La fameuse « danse des abeilles » a été mise en lumière par l'éthologue allemand Karl von Frish et montre un « langage » particulier qui sert l'orientation de ces insectes. Lorsqu'une abeille a découvert un nouveau site de nourriture, elle effectue à son retour une sorte de « danse » sur les rayons de la ruche par laquelle elle informe les autres ouvrières de la localisation du site et de sa distance par rapport à la ruche, ainsi que la position du soleil et la direction et la vitesse des vents dominants. L'inclinaison de son vol par rapport au soleil, la largeur des cercles qu'elle effectue et l'intensité et la durée du frétillement de son abdomen composent une sorte de langage qui informe les autres abeilles sur la direction, la distance et le volume de la miellée ou du champ de fleurs.

– A l'origine de ces formidables comportements, il y a un programme génétique, une sorte de « carte à puce » qui les prédispose à savoir « danser » pour s'orienter d'une génération à l'autre, d'une ruche à l'autre ?

– Oui. En revanche, dès que l'on arrive aux mammifères, il peut y avoir une transmission émotionnelle au corps à corps qui n'a plus rien à voir avec la génétique.

– Un exemple ?

– L'expérience de William Mason, en 1965, a été la première à illustrer cette idée. Il a placé une femelle macaque en isolement sensoriel dans une cage, sans aucun moyen de voir ni d'entendre le moindre signe de vie, ce qui est la pire des agressions pour un animal. Privée de contacts sociaux pendant plusieurs semaines, la jeune macaque a stoppé son développement. Très altérée sur le plan émotionnel et comportemental, elle a été replacée ensuite dans son groupe d'origine où elle a repris son développement. Mais incapable de respecter les interactions lors des parades sexuelles, aucune possibilité d'accouplement n'était possible. Masson eut alors l'idée de l'inséminer artificiellement… Eh bien, dès la naissance, le petit a été « troublé » par la propre histoire de sa génitrice, incapable de se développer à son tour dans un champ sensoriel dispensé par une mère altérée. Peu à peu, le jeune a perdu sa base de sécurité et n'a jamais pu explorer son monde. Il est resté fasciné par sa mère, capturé sensoriellement par elle alors qu'elle lui volait sa nourriture, lui marchait sur la tête, le menaçait et le traînait par une patte comme un pantin.

Rêves de singes

– Et plus tard, au cours de la puberté du jeune ?

– Il n'a pas su parader car il manifestait des troubles interactionnels comme sa mère perturbée. Cela concerne tous les animaux qui ont besoin d'une mère et qui montrent une importante production de sommeil paradoxal.

– Si les animaux rêvent, sait-on comment et à quoi ?

– Le sommeil est un grand programme commun du vivant. Toutefois, les poissons, les batraciens et les reptiles, dont la température dépend du milieu, ne rêvent pas. En revanche, tous les mammifères et les oiseaux dont la température reste stable présentent un sommeil lent et un sommeil profond rapide. Périodiquement au cours du sommeil revient une phase d'alerte cérébrale qui est dite « paradoxale », car elle correspond au moment du sommeil le plus profond. Les muscles se relâchent, les globes oculaires s'affolent et l'électro-encéphalogramme, qui n'est autre que l'enregistrement de l'activité électrique du cerveau, aussi. D'où le terme de sommeil paradoxal : l'activité cérébrale est identique à celle de l'éveil, mais le relâchement musculaire est total. Une forme de rêve se déroule pendant cette phase du sommeil.

– Pour quelle raison le relâchement musculaire est-il total ?

– Un circuit cérébral bloque l'activité musculaire pour que le cerveau seul puisse exprimer ses rêves et que le corps ne puisse pas les vivre. Si l'on détruit ces voies nerveuses, comme l'a fait le neurobiologiste Michel Jouvet dans les années 50 au cours de ses études sur le sommeil chez le chat, on voit l'animal mimer ses rêves : il saute, se hérisse et crache, mord, griffe, poursuit une proie imaginaire…

– *Les animaux rêvent donc comme nous ?*

– Comme nous, ils rêvent le thème de leur vie de chien, de vache, de singe… La durée varie d'une espèce à l'autre. Il est intéressant de remarquer que les animaux qui rêvent le plus sont surtout les prédateurs qui s'endorment en toute confiance. Les herbivores sécrètent peu de sommeil paradoxal, sauf s'ils sont à l'abri à l'étable ou au fond d'un terrier.

– *Et en ce qui concerne la durée même du sommeil ?*

– Certains dorment d'une seule traite, comme le lion qui peut dormir dix-huit heures ; d'autres fragmentent leur sommeil, comme le cheval, tandis que le lièvre fait des pauses de quelques secondes. Le papillon et même la mite replient leurs antennes et inclinent la tête, certaines espèces de poissons s'enfouissent dans le sable pour la nuit.

– *Et lorsque les animaux sont petits ?*

– Quand ils appartiennent à une espèce qui doit apprendre beaucoup de sa mère et de son milieu, les petits rêvent plus que les adultes et les âgés. Ils naissent avec un système nerveux immature. Le sommeil paradoxal leur permet de parachever leur développement.

Le temps de sommeil paradoxal d'une espèce nidicole, c'est-à-dire élevée par ses parents, n'est pas le même qu'une espèce nidifuge, dont la maturation est terminée à la naissance. Les premiers sécrètent plus de sommeil paradoxal que les seconds parce qu'il leur faut poursuivre leur apprentissage et leur développement biologique. Les autres vivront à peu près la même quantité de sommeil paradoxal de la naissance à la mort.

– *Pourquoi ?*

– Parce qu'ils n'ont pas grand-chose à apprendre de leur milieu. Ils s'adaptent, sinon ils meurent. Les ratons ont ainsi beaucoup de sommeil paradoxal au cours des premiers jours de leur vie et, très vite, ils tombent à une quantité plus faible qu'ils produiront jusqu'à leur mort. Alors que les cobayes et les agneaux produisent à peu près la même quantité, de leur naissance jusqu'à la fin de leur vie.

– *Ce qui veut dire ?*

– Qu'ils ne disposent que de quelques heures pour s'imprégner à leur groupe, c'est-à-dire développer une aptitude à traiter les problèmes posés par un environnement propre à son espèce. Les singes disposent de plusieurs mois. Quant aux petits humains, ils fabriquent beaucoup de ce sommeil au cours de leurs premières années, environ 80 %, et continuent ainsi jusqu'à l'âge de 65 ans, où ils passent à 15 % jusqu'à la fin de leur vie. Ce qui veut dire que les hommes peuvent apprendre jusqu'à la fin de leur vie, même s'ils apprennent moins vite.

La bonne empreinte

– On parle souvent à ce propos d'« empreinte ». Qu'est-ce que cela signifie ?

– Certains comportements décrits sous le nom d'« empreinte », ou « imprégnation », expliquent qu'un animal adopte comme « parent » le premier objet mouvant qu'il perçoit dans les heures suivant sa naissance. Entre la treizième et la seizième heure qui suit sa naissance, un poussin peut s'attacher à n'importe quoi. Ce peut être un tracteur, une brosse à dents, un autre animal, un humain. Si cet objet quitte son monde, il est désemparé, désorganisé. L'angoisse empêche l'apprentissage et, en quelques heures, il apprend à ne plus apprendre.

– Dès qu'il apparaît, ce phénomène de l'empreinte change radicalement les conditions d'apprentissage du jeune animal ?

– Complètement. Il s'agit d'une période que l'on appelle « sensible » et qui varie là encore selon les espèces. Une étape pendant laquelle l'organisme est apte à recevoir un processus d'acquisition. Le petit apprend de sa mère, puis de l'environnement. Tout ce qui modifie la sensibilité de cet organisme bouleverse l'empreinte. Ce phénomène connu des paysans depuis l'Antiquité a été étudié par l'éthologue autrichien Konrad Lorenz, qui s'est aperçu que des canetons le suivaient comme s'il était leur mère à partir du moment où il était le seul être vivant auprès d'eux à leur naissance.

– Plus un animal se développe lentement, plus sa faculté d'apprendre est grande ?

– Oui, mais encore faut-il que l'individu côtoie sa mère avant d'affronter les événements physiques et sociaux. A l'école animale, les jeux sont de parfaits exercices scolaires pour apprendre les bonnes manières de l'espèce. Les louveteaux qui se disputent un os à ronger découvrent les règles de leur société hiérarchisée indispensables à la cohésion du groupe.

– Le jeu sert à devenir adulte ?

– Le jeu commence *in utero* et se poursuit après la naissance, car il permet de structurer des comportements sociaux et de préparer la future vie sociale des petits. Un bébé antilope qui enchaîne des cabrioles mime les gestes qu'il accomplira plus tard pour fuir sous le nez des prédateurs. Les plongeons des bébés otaries, leurs jeux avec des algues qu'ils lancent et rattrapent sous l'eau leur permettent d'apprivoiser l'océan. Les jeux solitaires du renardeau préfigurent la chasse solitaire qu'il mènera, adulte, alors que les combats fictifs des lionceaux et leur soumission joyeuse et amicale leur permettent de répéter les rituels qui évitent de s'entre-tuer entre congénères à l'âge adulte lorsqu'un conflit éclate. Chez les singes, les kangourous et les éléphants, les joutes sont plus fréquentes et animées du côté des petits mâles et simulent les combats qu'ils auront à mener plus tard. Les jeunes jouent entre eux bien entendu mais aussi avec les adultes qui se montrent d'une extrême patience et qui savent aussi poser les limites à ne pas dépasser. En se soumettant de bonne grâce à leurs jeux, ils leur apprennent à ritualiser les contacts, à maîtriser leur agressivité.

– Les adultes qui ont été de jeunes joueurs sont-ils différents de ceux qui n'ont pas pu s'exprimer par le jeu ?

– Les premiers sont mieux armés pour faire face aux problèmes de la vie et pour apprendre. Le jeu est une étape vers la liberté. Les chatons qui resteront de petits prédateurs toute leur vie attaquent tout ce qui bouge : une branche, une pelote de laine ou la queue de leur mère. Les chiots préfèrent les combats hiérarchiques et les lapins les fuites soudaines et les contre-pieds.

– Est-ce qu'il existe des jeux entre espèces ?

– Oui, les animaux jouent entre espèces différentes et c'est un vrai mystère. On voit des chiots et des chatons jouer ensemble, des singes jouer avec des faons.

Chez les adultes, il est fréquent de voir des dauphins s'amuser d'un poisson-lune qu'ils transforment pour l'occasion en ballon ou des orques envoyer en l'air phoques et manchots. Le jeu à l'état adulte permet d'exprimer et d'entretenir des liens d'attachement entre congénères.

– Et les chiens et les chats qui jouent dans nos maisons ?

– Quand les animaux sont humanisés, la juvénilisation se poursuit, donc ils jouent de plus en plus longtemps, ce qui prouve que le jeu a bien une fonction d'apprentissage.

Chats qui rient

– *Les animaux éprouvent-ils les mêmes émotions que nous ?*

– Toutes les émotions nécessaires à la survie : la peur, la faim, les parades sexuelles, le maternage, la joie.

– *Rient-ils ?*

– Les vétérinaires me disent qu'ils sont convaincus que les chiens et les chats rient. Les chimpanzés sourient, on le sait maintenant. Ils cachent leurs dents supérieures avec leur lèvre supérieure parce que montrer les dents est un signe d'agressivité. On dit que les rats sont capables de rire aussi.

– *Sourire à un chien est souvent perçu par lui comme une menace.*

– Si l'on souriait seulement avec la bouche, il percevrait ce comportement comme un signe d'agression. Mais d'autres signes comme la posture et l'intonation de la voix relativisent le signe d'agressivité transmis par notre bouche, et le chien comprend que ce n'est pas une véritable agression. L'animal sait parfaitement traiter les signaux envoyés par votre corps et établir la différence entre le jeu et la véritable agression. Lorsque vous jouez avec lui, il semble fuir, se soumettre ; il se débat, repart à la charge, vous provoque. Il joue à faire semblant, ce qui est une grande preuve d'intelligence.

– *S'adapter et comprendre notre monde d'humains n'est pas si simple pour les animaux…*

– Les animaux domestiques s'humanisent, ils font des progrès et des performances intellectuelles bien meilleurs au contact des humains que lorsqu'ils sont en milieu sauvage. D'ailleurs, les chiens aboient et les chats miaulent et ronronnent beaucoup plus en milieu humain que dans la nature.

– *Pour quelle raison ?*

– Parce qu'ils ont compris que la bouche est un canal de communication sonore que privilégient les humains, donc, dans leur grande bonté, les chats miaulent et les chiens aboient quand ils s'adressent à nous alors que l'olfaction et les postures suffisent à communiquer au sein de leur espèce.

– *Comment peut-on expliquer les cas, même exceptionnels, de ces chiens et de ces chats qui retrouvent leur maître après avoir parcouru plusieurs centaines de kilomètres ?*

– Ils vivent dans un monde différent du nôtre. Comme les oiseaux, ils ont des informations cosmologiques et s'orientent dans l'espace par rapport à l'inclinaison du soleil. A cela s'ajoute l'attachement, particulièrement développé chez les chiens, qui sont par nature des animaux grégaires donc très attachés aux membres de la meute. Il existe une imprégnation puissante dans leur mémoire qui est biologique : c'est un lien. Lorsque les oiseaux s'attachent à quelqu'un, ce même lien s'imprime aussi dans leur cerveau.

– *Le cerveau de l'animal est façonné par l'attachement ?*

– C'est cela. Les chats, quant à eux, s'attachent davantage au site, à une maison, à un lieu géographique. C'est d'ailleurs ce qui explique que très souvent, lorsque les propriétaires déménagent, les chats reviennent dans la maison.

– L'amour et l'amitié existent-ils chez les animaux ?

– Il s'agit plutôt là encore d'« attachement » parce qu'il y a une connotation biologique et émotionnelle acquise entre êtres vivants. Employer le mot « amour » signifie qu'il s'agit d'un sentiment déclenché par une représentation au sens théâtral et verbal du terme. Or, les animaux éprouvent des émotions intenses, mais ils ne possèdent pas la parole pour remanier cette émotion. C'est d'ailleurs la raison pour laquelle ils sont capables d'avoir des troubles psychosomatiques beaucoup plus importants que les humains. L'animal stressé fabrique un ulcère, subit une hémorragie gastrique ou une hypertension qui détruit le cerveau très rapidement. Un groupe de singes stressés met plusieurs semaines pour retrouver un équilibre alors que, chez l'homme, il suffit souvent de parler pour cesser de somatiser.

– La souffrance serait-elle plus vive chez l'animal que chez l'homme, dans la mesure où il ne peut pas se rassurer par son imagination ?

– C'est exactement ça. A un enfant qui souffre de la perte de sa mère, on peut dire « maman va revenir » ; et, dans ce cas, cette simple représentation verbale peut calmer l'enfant, alors qu'un animal va souffrir jusqu'à manifester des troubles physiques.

Conscience de la mort

– *Des états de souffrance que l'on rencontre par exemple lorsque les animaux sont en captivité ?*

– La plupart des animaux domestiques ou sauvages adoptent des comportements stéréotypés : ils se frottent le museau contre les barreaux, se lèchent la peau jusqu'à former des plaies ou s'arrachent les ongles. De nets progrès ont été faits dans les parcs zoologiques, mais la contrainte reste tout de même importante.

– *Est-ce la même chose dans les élevages industriels ?*

– Ces animaux sont considérés comme des choses non pas comme des êtres vivants avec leur beauté, leurs émotions et leurs mondes mentaux. Je n'ai pas le sentiment que l'on ait progressé en faveur des animaux dits de « consommation ». Mais, grâce au travail des éthologues et des vétérinaires, on comprend mieux le monde animal, on s'interroge et on développe une certaine empathie à l'égard des animaux. Dès lors, on cessera un jour de les torturer. Plus on cherche à découvrir l'autre, à comprendre son univers, plus on le considère.

– *Doit-on distinguer la douleur de la souffrance ?*

– Bien sûr. La douleur est une information physiologique, alors que la souffrance exige une représentation de soi. Les animaux connaissent la douleur et la souffrance parce qu'ils ont des représentations sensorielles et possèdent une mémoire.

– *Le stress est une souffrance ?*

– Le stress est une réaction générale de l'organisme à une situation agressive. Même chez l'homme, il peut y avoir des stress non conscients dans des situations d'agression insidieuse. Un animal peut être malade dans un lieu où il a été agressé et guérir dès qu'il a quitté cet endroit. Des abeilles peuvent mourir de stress si on les empêche de rejoindre leur ruche, tout comme des souris à qui l'on impose, à titre d'expérience, la présence d'un chat à intervalles réguliers. La surpopulation peut aussi instaurer un stress social et engendrer des dommages corporels souvent irréversibles. Les animaux en batteries vivent un mal-être permanent puisqu'on ne respecte pas leurs besoins naturels les plus élémentaires. En revanche, ils ne peuvent pas souffrir d'une insulte verbale comme les hommes.

– *Les animaux ont-ils conscience de la mort ?*

– Ils perçoivent le corps mort de l'autre, mais ne se représentent pas la mort dans le temps. La perception de la mort varie selon les espèces. Les insectes piétinent les corps des congénères, alors que les singes et les éléphants sont très perturbés par la mort de l'un des leurs au point d'en mourir. Eux commencent à se représenter la mort. Les animaux de boucherie ressentent la mort d'un point de vue physiologique. L'odeur, les cris et l'angoisse des congénères qu'ils perçoivent participent à l'exacerbation de leur peur. D'où les tentatives de fuite et une accélération des battements cardiaques.

– *Est-ce qu'un animal peut devenir fou ?*

– Au sens émotionnel du terme, lorsque l'animal a des troubles de l'attachement ou du développement, oui. En même temps, le mot « folie » ne veut pas dire grand-chose. S'il y a erreur d'empreinte, par exemple, lorsqu'une antilope a été imprégnée très jeune par son gardien et qu'après la puberté elle le courtise de préférence à un mâle de son espèce, on peut dire qu'elle est « folle ». Si des canards carolins sont élevés en l'absence de femelle, chacun va s'imprégner à l'autre et, au moment de la puberté, ceux-ci vont se courtiser mutuellement. Un observateur peut éventuellement décréter qu'ils sont « fous ». Lorsque les oiseaux sont fortement imprégnés à celui qui les nourrit, il suffit que la personne s'absente pendant un certain temps pour que l'oiseau se laisse mourir de faim. En fait, il meurt de chagrin.

– De chagrin ?

– Oui. Les oiseaux sont très doués pour l'empreinte parce qu'ils sont dépendants d'une période critique qui, comme on l'a dit, dure, selon les espèces, de quelques heures à quelques jours. Si l'être d'empreinte s'en va, le monde de l'oiseau est brutalement vide, donc il se laisse mourir. En ce sens-là, la folie animale existe, tout comme les maladies génétiques, les troubles toxiques du cerveau, les tumeurs, les traumatismes physiques et émotionnels désorganisent aussi leur monde.

Liaisons fatales

– Lorsqu'un animal fait preuve d'agressivité, peut-on dire qu'il est en colère ?

– La colère est une émotion, alors que l'agressivité est une pulsion qui prend une forme en se dirigeant vers un objet ou un autre individu.

– *Et la cruauté ? Existe-t-elle dans le monde animal ?*

– Le chat qui joue avec la souris est plein de tendresse pour elle parce qu'il s'amuse, il s'entraîne, il croque l'arrière-train de la souris pour l'apporter à ses petits et leur apprendre à chasser. Dans un monde mental de chat, c'est un acte de tendresse. C'est du jeu éducatif. Mais ce n'est pas du tout le point de vue de la souris.

– *L'agressivité et la sexualité sont souvent liées. Konrad Lorenz disait que le viol n'existait pas dans la nature, or il ne semble pas toujours que ce soit le cas. Si l'on prend l'exemple de l'éléphant de mer, la violence de la copulation face à ce qui semble être une résistance de la part de la femelle peut faire penser à un viol. Est-ce là une représentation abusivement anthropomorphique ou une réalité ?*

– Le mot « viol » n'est pas adéquat dans le monde animal. Ce qui n'empêche pas que, très souvent, les rituels de la parade sexuelle suffisent à empêcher ces rapports de force.

– *Le mâle « bousculé » est aussi une réalité surtout lorsqu'il est nettement plus petit que la femelle comme chez l'araignée Nephila des tropiques d'Amérique, où il est mille fois moins gros qu'elle.*

– On rencontre ce même problème avec certaines espèces de moustiques dont les mâles sont tués par les femelles s'ils ne s'enfuient pas rapidement après l'acte sexuel. Chez le scorpion aussi.

– *Comment procède-t-il pour échapper à cette funeste fin ?*

– Le scorpion prépare à l'intention de sa femelle un petit sac de spermatozoïdes qu'il dépose dans un coin sûr, le plus dur étant ensuite de ramener sa partenaire à l'endroit et de faire coïncider son orifice génital avec le précieux sac. Mais malgré toutes les précautions prises, il arrive souvent que le mâle se fasse tuer par la femelle. Dans toutes les parades nuptiales, l'agressivité doit s'exprimer pour canaliser la sexualité mais, en règle générale, elle est contenue. Le problème de ce que nous appelons « violence » existe par rapport à la force musculaire du mâle ou de la femelle.

– *Et l'infanticide ?*

– Quand une mère animale a été émotionnellement perturbée au cours de son développement, comme on l'a vu, ou stressée durant la gestation, elle peut ne pas produire assez de lait pour nourrir ses petits ou pas assez d'hormones pour sécréter suffisamment de marquage olfactif. Elle considère alors les autres petits comme des étrangers et les tue, ou bien les mange.

– *La réflexion classique est de dire qu'il s'agit d'une mauvaise mère ou que, commettant un tel crime, cela justifie son rang de bête que l'instinct maternel exemplaire de la femme ne saurait pas connaître.*

– Tout cela n'est qu'une série de raisonnements qui relèvent d'un anthropomorphisme culturel. Ce comportement dans un monde animal n'est rien d'autre qu'un trouble de la perception, comme nous venons de le voir. Quant à revendiquer et justifier le fossé entre l'homme et l'animal parce qu'il existe des chattes, des truies, des femelles singes qui tuent leurs jeunes, c'est oublier que l'infanticide chez la femme existe pour ces mêmes raisons de perceptions troublées, de désordres biologiques et de représentations culturelles. Il a même été admis dans de nombreuses civilisations ; on pense que ce n'est pas un crime parce que le sacrifice est commis au nom d'une offrande, d'un discours, d'une religion.

– *Qu'est-ce qui explique qu'un mâle tue les petits d'un autre mâle de la même espèce ?*

– On rencontre principalement ces agressions dans des sociétés constituées à partir de harem, chez les lions, les singes, les souris et les chats européens. Lorsque de nouveaux mâles cherchent à conquérir les femelles, les individus victorieux tuent les jeunes. La mise à mort des jeunes est avantageuse pour le mâle qui prend le pouvoir puisqu'elle stoppe l'allaitement des femelles, provoque le redémarrage de leur activité ovarienne, ce qui les rend disponibles pour un nouvel accouplement.

– *Quel intérêt ?*

– Ces femelles donneront naissance à des jeunes porteurs des gènes du nouveau mâle. Lorsqu'on réalise le marquage sanguin des systèmes immunitaires de certains groupes, on se rend compte que les mâles n'ont tué que les petits qui n'étaient pas d'eux. Ils répondent à une phéromone sécrétée par les autres petits qui les mettent dans une disposition agressive.

– *Ils répondent à une stimulation...*

– Et non pas à une représentation. Ces « meurtres » ne sont pas intentionnels.

– *On se tue quand même beaucoup dans le monde animal !*

– En cas de pénurie alimentaire, les individus sacrifient la fratrie ou les parents. Chez le chien de prairie, les femelles enterrent d'autres femelles gestantes dans leur terrier. Souvent, un ou plusieurs poussins dans les couvées sont destinés à nourrir les premiers-nés ou à mourir de faim parce que les parents privilégient l'aîné. En tuant les jeunes de son voisin, la corneille le dissuade de rester sur son territoire. Les fourmis procèdent de la même manière et n'hésitent pas à s'arracher les antennes et à se décapiter. A l'entrée de la ruche, des abeilles gardiennes contrôlent l'identité des arrivants qui se font connaître par des messages odorants et tactiles. Si l'une d'elles tente de forcer le passage, elle est pourchassée et tuée. Chez le requin-taupe ou le requin-renard, les embryons s'entre-tuent dans le ventre de leur mère.

– *Dans le ventre ?*

– Parfaitement ! Tout comme les petits humains d'ailleurs. Il y a beaucoup de jumeaux qui disparaissent tués par l'autre, parce qu'il prend toute la place et tout le placenta. On constate parfois des tumeurs chez le jumeau survivant, ce sont en fait les restes de son frère ou de sa sœur. Tous les êtres vivants font ça, requins et humains compris. A la différence que les humains continuent ensuite à s'entre-tuer au nom d'un récit alors que les animaux en sont incapables. Tous les crimes contre l'humanité ont été commis avec cette logique. La violence est caractéristique du monde humain qui se soumet à des représentations culturelles radicales alors qu'elle est contenue chez les animaux.

Pas si violents...

— Qu'est-ce qui permet de la contenir ?

— Lorsqu'on permet à un animal de se développer tranquillement dans un milieu social et écologique suffisamment paisible, il y a des rituels et des mécanismes équilibrateurs qui contrôlent la violence animale.

— C'est quoi un rituel animal ?

— C'est une posture, une mimique, des cris, une odeur, tout un dispositif sensoriel qui permet aux animaux de coexister en harmonie. Si un loup se présente face au dominant, il saura adopter un comportement de soumission qui apaisera l'autre et évitera le combat.

— Malgré tout, on voit des loups et des grands singes qui en tuent d'autres.

— C'est vrai. J'ai vu des singes « boucs » émissaires ; c'est touchant de voir à quel point ces animaux respirent le malheur. Ils ont peur de tout, ils ne mangent pas, ils tremblent, perdent leurs poils. Si on leur jette une pomme, ils sont terrorisés.

— Par le fruit ?

— Non. La pomme qu'ils perçoivent déclenche leur peur parce qu'ils savent que les autres vont arriver, les battre et les mordre. Donc, dès qu'on leur lance de la nourriture, ils se protègent. Si on enlève ce singe bouc émissaire pour le sauver, un autre singe sera individualisé dans le groupe et persécuté à son tour.

– C'est systématique ?

– Oui, chez les poules, les loups et les zèbres aussi. Les animaux qui vivent en groupe élisent souvent un bouc émissaire qui sert à équilibrer le groupe. L'agressivité de tous est concentrée sur un seul animal. Il reçoit tous les coups, et sa simple présence évite les bagarres entre les autres membres du groupe. Alors que chez les humains, qui sont pourtant les virtuoses du bouc émissaire, rien ne freine leur violence parce qu'elle répond à des représentations d'images et de mots.

– Dans ces groupes, existe-t-il une volonté d'apaiser la douleur de cet individu ?

– Les animaux se combattent et se tuent, mais bon nombre d'entre eux sont passés aussi maîtres dans l'art de la réconciliation. On le constate dans de nombreux groupes sociaux tels les chevaux et les cétacés. Chez les singes, des femelles tentent d'apaiser les conflits et volent au secours des exclus.

– Pourquoi la volonté vient-elle principalement des femelles ?

– Parce qu'elles sont habituées à materner, consoler, éduquer, tempérer. Lorsque les femelles chimpanzés voient un adulte terrifié, elles le considèrent comme un jeune, lui proposent des offrandes alimentaires, viennent l'épouiller un peu, le sécuriser, le tranquilliser. Alors le singe exclu reprend confiance en lui.

– Les gestes de réconciliation varient-ils d'une espèce à l'autre ?

– Chez les singes, il arrive que l'un des individus s'empare d'un jeune et l'interpose entre lui et celui avec lequel il est entré en conflit. La présentation de l'arrière-train ou du ventre est également une posture apaisante. Pour calmer une tension, éviter qu'un conflit dégénère, un chimpanzé retrousse les lèvres et avance les mains en plaçant ses paumes vers le haut. Chez les loups et les mangoustes, le couple dominant met fin à un début de rixe en menaçant les adversaires par des grondements sourds, dents découvertes ; un cheval abaisse les oreilles et tend le cou en avant. Toutes ces mimiques suffisent généralement à réconcilier les adversaires ou à éviter une bagarre.

— Et l'entraide entre espèces différentes existe-t-elle ?

— Nombreuses sont les espèces qui vivent en symbiose, l'une et l'autre retirant un bénéfice de cette collaboration, comme le mérou qui se fait nettoyer la bouche par de petits poissons, les labres ou le poisson clown qui vit dans les tentacules de l'anémone de mer sans qu'elle le tue parce qu'il lui assure une défense. Des associations ont lieu entre des singes d'espèces différentes. Des oiseaux comme les canards et les mouettes nichent parfois ensemble pour se protéger des prédateurs. Chez les fourmis, on voit des insectes parasites qui leur facilitent la vie en les débarrassant de leurs propres parasites naturels.

La « morale » animale

— Pourrait-on aller jusqu'à parler d'une forme de morale ?

— Je dirais plutôt qu'il existe une aptitude à se représenter le monde de l'autre. Il n'empêche que l'entraide et la violence peuvent naître en même temps. Les grands singes sont capables d'arbitrer un conflit, de faire preuve de diplomatie, de solidarité, de consoler, voire de réconcilier des membres du groupe parce qu'ils sont touchés par l'autre et qu'ils savent que la conciliation est nettement plus avantageuse qu'un conflit durable.

– *Mais ils peuvent aussi tuer ?*

– Exactement. Ils peuvent exclure un de leurs membres au point de le faire périr ; ils peuvent aussi partir littéralement en guerre et attaquer spontanément des clans voisins sans pour cela avoir été provoqués au préalable. Mais ils peuvent aussi faire preuve d'un comportement altruiste très prononcé et pas seulement chez les chimpanzés. Le cratérope écaillé (*Turdoïdes squamiceps*), un oiseau du désert du Néguev, aide ainsi les nichées non apparentées, nourrit des congénères ; ils se toilettent mutuellement.

– *Les animaux ont-ils généralement conscience des émotions de l'autre ?*

– La contagion des émotions est extrême chez l'homme comme chez l'animal. Un animal ressent l'inquiétude d'un congénère. Cette angoisse peut stimuler le dominant qui se sent plus fort que le dominé. L'angoisse et le stress émis par les herbivores stimulent l'attaque des prédateurs, comme les loups.

– *Les dominés comme les singes boucs émissaires réussissent-ils à reprendre une place dans la hiérarchie ?*

– Non. A moins qu'ils quittent leur groupe d'origine pour s'introduire dans un autre groupe. Dans ce cas, ils sont considérés comme des étrangers, à nouveau menacés, maintenus à la périphérie de l'espace réservé au clan. Et là encore, on voit très souvent des femelles procéder de telle façon qu'elles finissent par intégrer progressivement le mâle ou la femelle au sein du groupe où il finira par prendre sa place.

— *Les femelles règlent beaucoup de problèmes finalement : le ravitaillement, l'éducation, la sexualité, la paix...*

— Elles ont inventé aussi le baby sitting. Dans les groupes, elles s'entraident pour élever les jeunes, comme chez les lions, les chattes, les loups, les éléphants, les mangoustes, les singes. Cette stratégie est avantageuse puisqu'elle favorise la survie d'un maximum d'individus.

CHAPITRE 3

Vers la réconciliation

L'animal reste le sujet de nos pensées, de nos représentations, de nos désirs, de notre culture, de nos convictions et même de notre amour. La communication entre eux et nous n'a jamais été simple...

Passerelles sensorielles

— Nous avons vu que chaque espèce animale vit dans un monde qui lui est propre, que tous utilisent des codes destinés à communiquer des informations concernant l'individu dans son environnement. Alors comment les animaux peuvent-ils communiquer avec l'homme ?

— Ils ne nous voient pas comme nous, mais il existe entre eux et nous des passerelles sensorielles, d'autres canaux de communication. La sensibilité est une propriété fondamentale du vivant, qui existe même chez les organismes unicellulaires. Les organes sensoriels se sont diversifiés au cours de l'évolution. Par exemple, la sensibilité à la lumière, qui stimulait toute la surface du corps chez les premiers êtres vivants, s'est ensuite concentrée dans l'œil. Ce qui peut donc renseigner l'animal en ce qui nous concerne tient du registre des émissions vocales, des postures, des regards, des gestes, des sécrétions corporelles, des phéromones…

– *De quoi s'agit-il ?*

– Les phéromones sont des substances hormonales produites par des glandes sécrétées vers l'extérieur. Ce sont des médiateurs chimiques qui servent à la communication de chaque espèce. Un animal peut ainsi déceler la peur, l'agressivité, la période ovulatoire d'une femelle. C'est l'odeur de leurs congénères qui renseigne les paons lorsqu'ils sont séparés de plus d'un kilomètre la nuit. Ces émissions d'hormones permettent aussi d'assurer la cohésion sociale chez les mammifères ou au contraire alarmer la totalité du groupe en cas de danger. Dans les sociétés où la hiérarchie impose un couple de dominant, les hormones œstrogènes contenues dans l'urine de la femelle dominante ont un effet inhibiteur sur l'ovulation des autres femelles. Un lapin mâle, lui, inhibera l'agressivité de ses congénères dans la garenne qu'il dirige. Un cerf dominant retarde par sa simple présence la puberté des jeunes.

– *Ce sont des renseignements auxquels nous n'avons pas accès faute de moyens sensoriels mais qui renseignent les animaux sur leur environnement et sur nos humeurs ?*

– A tel point que certains chiens dominants – mais c'est aussi valable avec des animaux sauvages – peuvent avoir tendance à devenir agressifs dans les jours qui suivent la puberté d'un enfant qu'ils protégeaient jusque-là comme un chiot. Dans son monde de chien, il perçoit cette nouveauté dans la cellule familiale comme une possible remise en question de la hiérarchie. Les animaux peuvent détecter sans problème nos états émotionnels qui se matérialisent par des odeurs, des comportements, des gestes, des indices. Lorsqu'un chien accueille un enfant joyeux, il va le renifler au niveau du visage et du pubis. Les sécrétions cutanées ont une tonalité émotionnelle différente d'une région corporelle à l'autre. S'il lui est étranger, il va flairer la zone anogénitale pour s'assurer de son identité.

– *Un cheval saura tout de suite à qui il a affaire : un cavalier au tempérament anxieux, préoccupé ou sûr de lui...*

– Oui, et l'animal réagira en conséquence : par le jeu, l'agressivité, la panique ou l'harmonie.

– *Mais en règle générale, la plupart des animaux nous fuient.*

– Certaines espèces sont plus ou moins hypnotisables, ensorcelées, avides de nos sensorialités. Les phoques sont fous d'amour pour nous, tout comme les énormes lamentins qui seraient parfaitement domesticables si on le voulait. Les dauphins aident encore les pêcheurs du Sénégal sans qu'il y ait eu domestication. Cette association s'est faite naturellement. Les loutres et les cormorans pêchent pour les hommes en Inde et bénéficient de récompenses pour le faire. Dans d'autres cas, les animaux nous fuient de très loin ou restent sur la défensive. N'oublions pas non plus que, dans un monde animal, nous sommes des êtres étranges dotés d'un pouvoir à la fois fascinant et terrifiant : la parole.

Le poids des mots

– *Les animaux sont sensibles aux mots ?*

– C'est l'objet sensoriel qui agit sur eux, pas la parole humaine en tant que double articulation linguistique. Notre langage les surprend, et ils n'ont pas de comportements adaptés face à cela.

– *Donc le chien et le chat à qui l'on parle ne comprennent pas un traître mot de nos longs discours ?*

– Ils comprennent les ordres verbaux dont ils perçoivent la sonorité et auxquels ils répondent par un comportement particulier. Pour qu'un mot soit compris par l'animal, chien, vache, rongeur, dauphin ou perroquet, il faut qu'il soit associé à un objet ou une action précise. Si vous lui racontez votre vie, il sera sensible à la joie ou la peine qui se dégage de votre discours, mais pas à son contenu. Si vous lui expliquez longuement qu'il a fait l'erreur de ronger vos chaussures ou de fuguer par la porte du jardin, il ne comprendra rien. Si vous lui criez dessus parce qu'il n'a pas exécuté vos ordres, c'est qu'il n'avait vraiment rien compris et ne comprend pas davantage la raison de votre colère. Au contraire même, cela aggrave sa détresse et son incompréhension.

– *Et en ce qui concerne les chimpanzés auxquels on a appris le langage des sourds-muets, à l'inverse des autres animaux, comprennent-ils, eux, le sens des mots ?*

– Le langage symbolique est en effet accessible aux grands singes. Leur pensée sans parole, parce qu'ils n'ont pas les moyens physiques de parler, a été dévoilée grâce aux expériences de certains psychologues comme Allen et Beatrice Gardner, Roger Fouts, David Premack, pour les plus célèbres, qui ont appris à communiquer avec des chimpanzés par l'intermédiaire du langage des sourds-muets. Pour eux, ce n'est plus un mot sensoriel, c'est un signe de la main qui désigne un objet ou un projet absent d'un contexte.

– *A quoi cela nous a-t-il servi d'apprendre aux singes le langage des signes ?*

– Sur le plan théorique, on comprend mieux… la linguistique depuis qu'on a cherché à alphabétiser les chimpanzés, les orangs-outans et les bonobos.

– *Il est surprenant que l'éthologie animale stimule la linguistique !*

– C'est en effet une retombée inattendue. Jusqu'à ces travaux, les linguistes s'intéressaient surtout au contenu du discours ; grâce aux chimpanzés, cela nous a permis de comprendre que la manière de dire participe au sens de l'énoncé.

– *C'est-à-dire ?*

– Qu'on ne peut pas séparer la parole du corps. Grâce à l'apprentissage du langage des signes aux singes, on s'est rendu compte qu'il y a d'autres canaux de communication que celui de la parole sonore, ce qui nous a permis de rééduquer les aphasiques par les gestes et la musique.

– *On évoque toujours la possibilité d'échanges entre des hommes et des mammifères, voire des oiseaux, mais une relation peut-elle s'établir avec un insecte ?*

– Il s'agit d'une interaction plutôt qu'une relation parce que l'insecte nous perçoit comme une masse. Il ne peut pas y avoir d'échanges sociaux mais de possibles interactions biologiques de l'ordre du rythme lorsque vous imitez les stridulations d'un criquet ou d'une cigale, ou bien d'un ordre olfactif. L'acide butyrique sécrété par nos glandes sébacées peut attirer les tiques qui seront heureuses de nous sucer le sang pour pouvoir pondre ensuite leurs œufs. Les émissions moléculaires du sel de notre peau peuvent attirer les mouches.

– *Et avec les poissons ?*

– Parmi les invertébrés, les céphalopodes semblent reconnaître les êtres humains, les petits poulpes de Méditerranée jouent avec les plongeurs. Chez les poissons qui ne sont ni muets ni sourds comme on le pense généralement, la carpe et le poisson rouge identifient celui qui leur apporte la nourriture ; les grenouilles et les lézards peuvent venir manger dans la main amie, les pythons apprivoisés s'enroulent autour de leur maître. Un siècle avant J.-C., le consul Marcus Crassus savait attirer à lui ses murènes en frappant dans ses mains.

Tel chien, tel maître

– *A quoi nous servent en fait les animaux de compagnie ?*

– Statistiquement, on trouve plus de chiens dans les familles comptant plusieurs enfants et ayant une maison avec un jardin, ainsi que des poissons rouges, des oiseaux, un ou deux chats et une tortue. Ce sont des couples qui ont une façon d'appréhender la vie joyeusement : ils l'aiment sous toutes ses formes, ils se rient des différences entre les chats, les chiens, les enfants. Chacun a sa place, on ne confond pas les hommes et les animaux, et tout le monde vit dans une belle harmonie. L'animal est bien présent au quotidien, il participe à la vie de famille, on rit à table de ses facéties, cela crée de grands sujets de conversation, mais il n'intervient pas en tant que substitut. Cette situation est encore la plus fréquente, mais il faut y ajouter un autre type de rapport.

– Lequel ?

– On voit apparaître dans les villes des chiens que j'appelle des « délégués narcissiques » : l'animal devient une sorte de miroir, de représentant du soi intime dans lequel le propriétaire se reconnaît.

– Il est l'image que l'on aimerait donner de soi ?

– Oui. Ce chien de chasse crée une impression de force élégante, ce molossoïde aux mâchoires carrées me donne le sentiment d'une rigueur guerrière alors que ce brave labrador me dit qu'il est rustique et respectueux : il est comme moi. Les qualificatifs que l'on donne aux chiens ne parlent que de nous.

– Tel maître, tel chien…

– Ça correspond bien, en effet. On achète un chien qui évoque en nous quelque chose. Ce peut être aussi un lion, un boa, une mygale, un loup… L'animal est personnalisé, assimilé à notre propre image. Lorsqu'on effectue la cartographie des chiens et du lieu social dans lequel ils vivent, on se rend compte qu'ils ne vivent pas n'importe où ni n'importe comment. Les bergers allemands se développent dans des quartiers différents de ceux des lévriers afghans. Le premier habite générale-ment dans des maisons de banlieue, le propriétaire est un ouvrier, commerçant ou artisan, entre 30 et 50 ans, qui « dresse » l'animal, l'investit d'un nom qui claque comme un ordre, alors que l'on trouvera plus facilement le second dans les quartiers riches auprès d'un intellec-tuel silencieux et solitaire qui tente d'« expliquer » les bonnes manières à un chien auquel on a donné un nom possédant une référence à la littérature. Là aussi, le choix du nom de l'animal révèle notre conception de la vie en société. Forcément, les chiens deviennent des éponges de nos propres émotions.

– *Comment la pensée du propriétaire peut-elle façon-ner le développement biologique de l'animal ?*

– Par exemple, si un propriétaire est raciste, il va émettre des signaux, une tension du corps dès qu'il s'approche d'un homme d'origine étrangère. Le chien va être réceptif à ces signaux et se mettre à gronder lorsqu'il verra un étranger. Les chiens se sont adaptés à nos discours. En 1793, un chien a été exécuté avec son maître parce qu'on lui reprochait de japper gentiment pour les monarchistes et de manière un peu trop agres-sive à l'encontre des patriotes et des gardes citoyens. Il a été victime de la pensée de son maître. L'idée que l'on a du monde matérialise certains comportements du chien et gouverne son destin.

– *Les chiens sont donc des éponges ?*

– Oui. Dans certaines pathologies comme les maladies maniaco-dépressives, tantôt mélancoliques, tantôt eupho-riques, on voit que le chien s'adapte à l'humeur du maître. Quand celui-ci est joyeux, l'animal va gambader, quand il est triste, le chien ne bouge plus, se met à trembler.

– C'est de la transmission de pensée !

– Pas du tout. Le chien qui vit dans un monde de sympathie est hypersensible au moindre indice émis par le corps du propriétaire.

– Alors que l'animal était hier la preuve de l'amour sous toutes ses formes, il fait désormais office de tranquillisant, de substitut affectif ou de miroir valorisant.

– Oui, et les chiens humanisés finissent par souffrir des mêmes maladies que les hommes. Prenons l'exemple du chien de remplacement. Mais ce peut être aussi valable avec n'importe quel animal. Un chien meurt, on le remplace immédiatement par un autre de même race à qui l'on donne le même nom et que l'on va aimer à la place du disparu en le comparant constamment au précédent. Résultat : toutes les interactions entre le maître et son nouveau chien sont troublées car l'homme envoie à l'animal des messages contradictoires, mêlés de sympathie et de déception, d'affection et de rejet qui réjouissent et agressent l'animal en permanence. « Ce chien est bête, l'autre n'aurait pas fait ça... il était mieux, etc. » La structure vocale, les postures comportementales, les gestes sont autant d'indices pour le chien. De là commencent à naître des troubles comportementaux, car une émotion non gouvernée finit toujours par provoquer un trouble organique. Le chien stresse et les vétérinaires font le constat d'animaux en état d'hypertension, d'épuisement, souffrant d'ulcères à l'estomac. Pour apaiser son angoisse, l'animal peut aussi se lécher jusqu'à se mutiler. C'est ce qu'on appelle des stéréotypies ou des comportements compensatoires que l'on rencontre évidemment en grand nombre dans les zoos, les laboratoires, les élevages industriels, partout où l'animal est confronté au stress.

Un chiot bien attaché

– *Existe-t-il d'autres situations qui peuvent perturber le développement de l'animal ?*

– Cette tendance à oublier qu'un animal vit dans son monde à lui justement. Pour rester avec le chien, il faut savoir qu'il vit naturellement en meute hiérarchisée, commandée par un dominant qu'il respecte. Posséder un chien, c'est donc obligatoirement établir des règles hiérarchiques, autrement dit se transformer en chef de meute. Mais si le chien a le droit de dormir sur le lit, de manger à table ou avant vous, de passer le seuil des portes avant vous, de choisir la banquette pour surveiller les allées et venues, il finit par se prendre pour le chef de la meute. S'installe une situation de dominance qui peut un jour s'exprimer par une menace, une agression. Si le chien mord ou mordille et lèche ensuite l'endroit de la morsure, le maître va en déduire que l'animal demande pardon et va le flatter, oublier de sévir alors que le chien a léché pour affirmer sa position de dominant sur le vaincu. Nous les encourageons aussi à s'attacher à nous comme des chiots à leur mère, sans pratiquer le détachement nécessaire quand ils sont jeunes, et nous trouvons normal de les laisser seuls ensuite des journées entières enfermés dans une pièce ou une cage.

Anxieux, frustré, inquiet, l'animal hurle, aboie, détruit les meubles, urine sur les tapis.

— *A quoi sert ce « détachement » dont vous parlez ?*

— Ce phénomène débute naturellement lorsque la mère fait comprendre à sa progéniture qu'elle ne veut plus d'eux contre elle. Elle les repousse tout simplement d'une manière plus ou moins violente, mais efficace au bout d'un certain moment. Peu à peu, le petit accepte cette situation et se rapproche de sa mère en adoptant un autre comportement, des postures de soumission et d'apaisement. C'est le moment pour lui d'intégrer un groupe social et de se soumettre aux codes qui le régissent. Si le détachement ne s'effectue pas avant la puberté du chien, le chien reste infantile, ne supporte pas les absences de son maître, stresse et saccage l'appartement.

— *Comment faut-il procéder ?*

— En prenant l'initiative des contacts avec le chien, mais dans la plupart des cas tout se passe bien, car, dès l'acquisition du chiot, les propriétaires ont su montrer à l'animal qu'il vivait dans un monde de chien et que sa vie au sein du foyer humain nécessitait d'obéir à des règles. Encore faut-il que l'animal ne soit pas trop jeune.

— *En raison du phénomène de l'empreinte que nous avons déjà évoqué ?*

— Oui. Tous les organismes vivants, quelle que soit l'espèce, ont un déterminant chronobiologique qui permet de synthétiser à un moment de leur vie un neuro-médiateur sous la forme d'une hormone, l'acétylcholine, socle biologique de la mémoire. Pour les oiseaux, le pic maximum de cette sécrétion s'effectue entre la treizième et la seizième heure.

– *C'est une période critique, une véritable crise ?*

– Tout se passe pendant ces trois heures, ni avant ni après. Leur aptitude à la mémoire est telle qu'ils peuvent s'attacher à tout objet qui passe près d'eux à ce moment-là. Statistiquement, c'est la mère. Accidentellement, ça peut être un objet, un animal – on a déjà vu des cohabitations inter-espèces surprenantes, comme des faons et des tigres, des rats et des chats, des chèvres et des chevaux, etc. Il m'est arrivé de me faire courtiser par une antilope de 300 kilos. C'était la première fois de ma vie que j'étais considéré comme un objet sexuel !

– *Et chez le chien, le pic a lieu à quel moment ?*

– De la cinquième à la neuvième semaine. Si l'on achète un chiot trop tôt, il s'imprègne à nous.

– *Pour qu'un animal soit le plus équilibré possible dans notre monde humain, il faut qu'il possède une double empreinte, à la fois animale et humaine ?*

– Voilà. Très souvent, certains vendeurs de chiens isolent les chiots de façon qu'ils manifestent un fort attachement dès qu'ils voient un humain. Il faut se méfier de ces chiots. On les préfère parce qu'ils montrent déjà des manifestations d'hyper-attachement qui nous flattent, mais, en réalité, ils montrent déjà un trouble de l'ontogenèse affective. Ce sont des chiens qui ont été imprégnés par l'homme trop précocement sans avoir connu l'empreinte de leur espèce.

– *Ils se considèrent comme des hommes et non plus comme des chiens ?*

– C'est cela. Ils manifesteront plus tard des phobies sociales ou d'objets, deviendront agressifs par crainte, auront des troubles de la socialisation, voire des troubles de la sexualité, comme ces animaux qui ne peuvent saillir que la jambe de leur propriétaire et mordent les congénères qui les approchent.

Les dauphins thérapeutes

– *Depuis environ 14 000 ans, l'homme et le chien se sont mutuellement imprégnés…*

– … Et cette coévolution a humanisé les chiens et les a fait évoluer en leur permettant de développer certaines performances intellectuelles.

– *La domestication les a pourtant infantilisés ?*

– C'est justement cette juvénilisation du monde des chiens qui leur a donné la possibilité d'un apprentissage à long terme.

– *Les expériences d'échanges entre des humains et des espèces animales sauvages ou domestiques ne se comptent plus, du cheval au dauphin en passant par l'oiseau, l'otarie, le félin et le loup. Il y a parfois comme un lien très fort. Qu'est-ce qui permet cette communication ?*

– Les animaux sont ensorcelés, on l'a dit, par nos formes, nos odeurs, nos sonorités verbales. Ensuite, ces échanges sont aussi différents qu'il existe d'expériences. Il y a de multiples facteurs qui président à l'établissement d'une relation entre un homme et un animal. Un humain, à force de patience et en obéissant aux codes comportementaux d'une espèce, peut intégrer un groupe. En imprégnant de jeunes oies et de jeunes corvidés, comme l'a fait Konrad Lorenz, il y a possibilité d'être toléré et de comprendre l'organisation d'une société animale. Il arrive que l'échange soit furtif et réclamé par les animaux eux-mêmes. Je citerai l'exemple des dauphins, des poulpes ou des phoques qui aiment jouer avec les nageurs, des ours qui viennent inspecter vos déchets.

– *Chevaux, chiens, singes, dauphins, l'animal peut être aussi thérapeute ?*

– Les animaux ont toujours été nos thérapeutes. Les hommes ont peut-être cherché à domestiquer les louveteaux parce que leur présence leur servait de tranquillisant avant de les civiliser. Aujourd'hui, les personnes seules, dont le nombre ne cesse de croître, font l'acquisition d'un animal comme on prend un tranquillisant pour diminuer l'angoisse existentielle. L'animal devient le réceptacle de nos manques ou besoins affectifs. Il apaise, sécurise, aide à mieux vivre, à supporter les injustices sociales.

– *Mais en ce qui concerne l'utilisation réelle de l'animal comme médiateur thérapeutique, l'histoire n'est pas récente.*

– C'est vrai, les bienfaits de l'animal de compagnie ont pris un essor considérable, avec notamment les travaux du psychologue américain Boris Levinson, qui fut l'instigateur en 1960 des expériences de *pet therapy* ou traitement par l'animal…

– *On connaît l'histoire : un jour, il reçoit des parents et leur garçon autiste. Jingle, le chien bâtard de Levinson, manifeste soudain un grand intérêt pour le gamin et lui lèche les mains. Sous les yeux ahuris de ses parents, le garçon réagit en caressant l'animal…*

– C'est cela. Peu après, le garçon a étendu sa confiance au psychologue qui a réussi à comprendre ses problèmes et a pu l'aider. Aujourd'hui, les oiseaux, les poissons, les chiens et les chats sont entrés dans les prisons, les hôpitaux, les maisons de retraite et les foyers pour jeunes. Ils sont devenus des médiateurs thérapeutiques qui permettent de soulager les dépressions, les problèmes d'insertion sociale, de handicaps physiques et mentaux… Des études ont montré également que l'espérance de vie des propriétaires d'animaux de compagnie, un an après avoir subi des soins intensifs, est plus importante que celle des autres. Mais il serait dangereux, non respectueux des animaux, de les utiliser pour nous soigner au détriment de leur propre épanouissement. Si nous coévoluons, si chacun apporte quelque chose à l'autre, le contrat d'entraide est correct. Mais si les soins de l'un coûtent la vie de l'autre, ce contrat peut devenir abusif.

L'animal et l'enfant

– *Les petits enfants ne sont pas effrayés par les animaux, et ces derniers jouent un grand rôle dans l'éveil de leur intelligence. Pourquoi ?*

– Quand il y a un animal à la maison, l'animal fait partie des premiers mots que prononce l'enfant quelle que soit la culture. L'enfant l'intègre dans une structure de parenté. Sa présence l'aide à développer sa pensée et à catégoriser le monde en êtres vivants ou inertes.

– Pour quelles raisons les relations entre un enfant et un animal sont-elles généralement plus faciles ?

– Parce qu'elles ne sont ambivalentes ni pour l'un ni pour l'autre. L'enfant ne manifeste pas de signaux contradictoires, contrairement aux adultes. Entre un adulte qui, debout, les mains en avant, le regard fixe, se dirige vers un animal et un enfant qui s'accroupit, tend doucement la main paume en l'air, incline ou rentre la tête dans les épaules et module doucement des sons, l'animal se dirigera immédiatement vers l'enfant, reconnaissant chez lui des signaux apaisants. Beaucoup d'enfants ont peur des relations humaines où la haine et l'amour se côtoient en permanence pour le meilleur et pour le pire, où il faut apprendre à devenir une personne avec tous les conflits et les négociations que cela implique. Alors qu'avec les animaux, si on se hait, on se menace et on se sépare ; lorsqu'on s'aime, on s'embrasse. C'est ce qui explique d'ailleurs pourquoi lès enfants autistes peuvent entrer dans un enclos de biches et les caresser sans susciter leur affolement là où un enfant qui parle les aurait fait fuir dans l'instant.

– Pourquoi ?

– Les enfants autistes sont terrorisés par nos regards et nos paroles, donc ils évitent les yeux des autres. Or comme ces enfants évitent le regard, les animaux les laissent s'approcher sans difficulté. Ce qui fait que les enfants autistes connaissent des événements intenses avec des animaux. J'ai été aussi le témoin d'un enfant qui, en adoptant spontanément le comportement d'un chiot, a inhibé l'agressivité de chiens peu commodes. En Israël, à Eilat, des psychiatres et des éducateurs emmènent régulièrement de jeunes autistes se baigner avec des dauphins. Il y a d'abord le contact avec l'eau qui sécurise beaucoup les enfants, et ensuite le contact que le dauphin crée bien souvent de lui-même. Il tourne autour des enfants, les touche, les soulève, appelle à la communication. C'est là que j'ai vu les plus grands sourires d'enfants autistes alors que, dans une relation humaine, ils ne sourient pas. Au contraire, généralement, ils mordent et se tapent la tête par terre.

– *Et avec les enfants délinquants ?*

– Les animaux familiers et domestiques ont une fonction structurante pour les délinquants. Ils se sentent responsables d'eux, ce qui, pour quelqu'un qui vient de transgresser, est un changement radical de position relationnelle. C'est lui qui doit soigner, laver, nourrir, surveiller et énoncer les interdits. En plus des plaisirs provoqués par le travail bien fait, le délinquant connaît l'échange affectueux avec l'animal et la reconnaissance sociale.

– *Les animaux ne pourront jamais parler, mais l'homme ne cesse de s'interroger à leur sujet et rêve de communiquer avec eux. Certains utilisent déjà la musique, les sons, les rythmes ou l'informatique comme passerelles. Pensez-vous qu'un jour nous serons aptes à communiquer réellement avec un certain nombre d'espèces animales ?*

– Au XVIIe siècle, Montaigne se demandait si notre incapacité à communiquer avec les animaux n'était pas finalement de notre faute, si les animaux ne nous considéraient pas comme de parfaits idiots. Grâce à la technologie moderne, nous découvrons de plus en plus d'espèces dont nous ignorions l'existence, mais aussi leurs modes de communication et leurs manières de vivre. Avec des amplificateurs d'images électroniques, nous pouvons observer la vie nocturne. Grâce à des sondes en fibres optiques, on peut désormais suivre ce qui se passe au sein de fourmilières. On munit les animaux sauvages de colliers portant des émetteurs pour étudier leurs déplacements, leurs relations sociales et leurs activités. Par le biais des techniques d'imageries médicales, nous sommes maintenant capables d'appréhender leur cerveau et leurs organes sensoriels qui nous révèlent leur monde. Et plus nous comprenons ces mondes, plus il est pensable d'établir un échange.

– *Et au niveau du langage proprement dit ?*

– A l'université de Géorgie, Panbanisha est une étudiante particulièrement avertie. Âgée de 15 ans, cette femelle bonobo, née en captivité, sait maîtriser 3 000 mots par l'intermédiaire d'un outil informatique. Dans le film-documentaire de Pascal Picq, *Le Singe, cet homme*, on voit Panbanisha lors d'une promenade dans les bois. Elle se dirige soudain vers un chien et lui donne de grands coups de pied. Sue Savage-Rumbaugh, primatologue spécialiste du langage qui mène l'expérience, la gronde verbalement. Elle lui dit en anglais : « Panbanisha, tu es vilaine. » L'intéressée regarde ailleurs, avec un air de fausse coupable. Après un bref instant, elle fixe le tableau de l'ordinateur couvert de symboles. Elle appuie alors sur la touche « good » signifiant « non, je suis gentille ». Sue rétorque « non ». Panbanisha appuie à nouveau sur « good ». Alors, Sue lui demande de s'excuser auprès de la chienne, ce qu'elle fait en la caressant. Cette femelle bonobo est loin d'être l'automate que l'on pensait qu'elle était : elle s'exprime sans être sollicitée, initie son jeune fils à ce langage et sert d'interprète à sa mère qui ne le connaît pas non plus. Selon la primatologue, la communication avec les primates est désormais possible, et cela bouleverse encore notre représentation des frontières entre les espèces.

Épilogue

Comment l'histoire va-t-elle se poursuivre ? Allons-nous inventer d'autres formes de relations avec les animaux ? Les hommes sauront-ils enfin les voir et les accepter tels qu'ils sont ?

Nous ne sommes plus seuls

– *Nous avons dépensé beaucoup d'énergie pour nous arracher de notre condition animale et renier nos origines. Nous avons considéré les animaux comme des objets pour mieux les exploiter. N'allons-nous pas maintenant pouvoir nous réconcilier avec eux, inventer de nouveaux rapports, une autre histoire ?*

– **Pascal Picq :** Il est en effet grand temps de nous affranchir de plusieurs millénaires d'une pensée judéo-chrétienne focalisée sur l'homme. A l'aube de l'odyssée de l'espace, nos représentations culturelles perpétuent une conception péjorative de ce qui vient de la Terre, alors que ce qui est dans le ciel n'est qu'élévation, beauté et spiritualité. Nous avons les pieds sur terre et il est temps de dire la beauté du monde animal qui nous entoure et qui est aussi le nôtre.

– *Cette situation est en train de changer grâce à la science.*

– Difficilement. Nos mythes déterminent encore nos grandes politiques scientifiques. On dépense des sommes considérables pour écouter d'éventuels messages extra-terrestres, mais on reste aveugle à la nature animale. On réduit les animaux à des amas de molécules et on obtient des vaches folles ; par contre, on plante une sonde martienne à 2,5 milliards de dollars et personne ne trouve étrange cette quête de quelques molécules vivantes sur Mars, alors que l'on détruit la planète bleue et les animaux qui la peuplent. L'histoire de la vie et des animaux, la nôtre, montre pourtant une suite d'événements contingents qui ne se reproduiront nulle part ailleurs, que ce soit dans le temps ou sur les milliards de planètes à découvrir.

– *En quoi la compréhension du monde animal est-elle importante pour l'homme ?*

– Il s'agit simplement de connaître notre place dans la nature. Je trouve jubilatoire de découvrir que nous ne sommes pas les seuls à communiquer, à être intelligents. On ne le sait que depuis vingt-cinq ans, une génération d'hommes. Au cours de cette même période, les paléanthropologues ont dégagé la vaste trame qui nous unit à l'arbre de l'évolution. Mais la plus belle leçon, un peu angoissante d'ailleurs, est de constater qu'à toutes les époques il a toujours existé plusieurs espèces d'hommes contemporains. Il en était ainsi à l'époque de Lucy ; c'était le cas il y a seulement 35 000 ans en Europe avec Neandertal et Cro-Magnon. Depuis, nous sommes seuls. On a cru que l'évolution allait vers nous, alors que nous sommes les seuls survivants de notre lignée. Cela veut dire que nous ne sommes que les locataires de la Terre, un passage de la vie. Mais cette angoisse s'estompe, car nous sommes en train de découvrir nos merveilleux frères, les chimpanzés et les bonobos. Nous ne sommes plus si seuls.

– *S'intéresser aux animaux, ce n'est donc pas tourner le dos à l'homme.*

– Ni renier l'homme. Seul l'homme peut raconter la plus belle histoire des animaux. L'enjeu du XXIe siècle est justement de redéfinir la place de l'homme dans la nature, avec humilité, donc grandeur. Il est temps de reconstruire un paradis qui n'a jamais été perdu. Tous les tableaux des grands peintres montrent d'ailleurs le paradis terrestre peuplé d'animaux.

– *La vie animale a subi des extinctions massives. Va-t-elle encore en rencontrer ?*

– Sans aucun doute. La mort fait partie de la vie et la vie continue d'évoluer. Cela dit, la plus grande menace d'extinction est peut-être celle que nous faisons supporter en ce moment même à la planète avec nos pollutions, nos déforestations et nos intrusions de plus en plus massives dans les écosystèmes naturels. En les détruisant, nous orchestrons la disparition de milliers d'espèces animales et végétales. D'aucuns disent que la Terre a connu des extinctions dues à de grands cataclysmes et que, par conséquent, l'homme peut se livrer à toutes les exploitations. C'est vrai, la vie continue, mais avec d'autres acteurs !

– *Quels risques encourrons-nous, nous, les hommes, si la plupart des espèces animales disparaissent ?*

– On enregistre la disparition d'une espèce de vertébrés tous les 50 ou 100 ans. Le problème, c'est que
ces quatre derniers siècles, sous la seule responsabilité
de l'homme, la vitesse d'extinction d'une espèce a
atteint la moyenne de 2,7 ans, soit 151 espèces de vertébrés supérieurs. C'est effroyable. Quand on constate
aussi les conséquences de certaines politiques d'élevage
qui fonctionnent sur le déboisement massif et le surpâ-
turage, il devient urgent de prendre des mesures afin de
préserver la biodiversité. D'ailleurs, de grandes compa-
gnies pharmaceutiques l'ont bien compris. La recherche
de nouvelles molécules utiles à notre bien-être et issues
du monde végétal et animal se développe dans un
contexte difficile à présent que nous avons fait disparaître à jamais certaines plantes et certaines espèces animales. Préserver les animaux et les écosystèmes, c'est
assurer l'avenir de l'homme.

– *Et malgré cette hécatombe, de nouvelles espèces
animales vont-elles faire leur apparition ces prochaines
années ou ces prochains siècles ?*

– L'inventaire des espèces animales est loin d'être
achevé. C'est évident pour les insectes et les vers. Mais
on continue également à découvrir des oiseaux, des
mammifères. Rappelons que les bonobos, l'espèce la
plus proche de nous, n'ont été observés sur le terrain
qu'à partir de 1974, année de la découverte de Lucy.
Nous commençons seulement à écrire l'histoire de
l'homme grâce à celle des animaux actuels et passés.

– *En modifiant le génome des espèces animales, peut-
on dire que l'homme est devenu le créateur d'espèces
nouvelles ?*

– L'homme ne peut créer de nouvelles variétés que dans des laboratoires à la condition qu'il les maintienne dans un milieu protégé. De telles variétés lâchées dans la nature auraient bien peu de chances de survivre. Il faut clamer haut et fort que ce que la nature a créé et que l'homme détruit, l'homme ne pourra jamais le refaire.

* * * * *

N'idéalisons pas les animaux

– L'animal manipulé génétiquement dans l'œuf symbolise-t-il aussi pour vous l'avenir de l'élevage et la poursuite de l'action domesticatoire de l'homme sur l'animal ?

– **Jean-Pierre Digard :** Oui, d'un certain point de vue, la poursuite de l'action domesticatoire. Mais l'avenir de l'élevage, ça, franchement, j'espère que non !

– Pourquoi ?

– En fait, ce qui m'intéresse dans l'élevage et la domestication, c'est la relation qu'ils supposent entre l'homme et l'animal, relation forcément à double sens, faite de curiosité réciproque. De tout cela, il ne subsiste plus, dans les manipulations génétiques, que le face-à-face un peu sinistre d'un savant-apprenti sorcier et d'un organisme impuissant et instrumentalisé. Espérons au moins qu'il en sortira des grands bienfaits et non d'irréparables ratages. Mais là encore, j'ai peur des méfaits du mercantilisme sauvage, car on peut tout craindre, dès lors que tout est permis pourvu que cela rapporte de l'argent : en témoigne la menace de l'ESB (la « vache folle ») ou le risque de contrôle de la production alimentaire mondiale par quelques multinationales au moyen du brevetage des organismes génétiquement modifiés.

– Ces progrès de la science et, plus généralement, les changements introduits par la modernité dans les rapports entre les humains et les animaux suscitent donc chez vous des réserves d'ordre éthique ?

– En dévoilant certains ressorts les plus cachés de l'action humaine, l'étude de la domestication animale nous inflige une sévère et double leçon d'humilité : elle nous invite à jeter un regard critique sur nos propres pratiques en même temps que sur la prétention de nos discours scientistes et technicistes. La domestication animale, les besoins qu'elle satisfait, le plaisir qu'elle procure aux hommes ont encore de beaux jours devant eux. On doit cependant être attentif aux risques qui guettent les animaux domestiques et nous guettent à travers eux.

– Lesquels ?

– Le principal, que l'on voit poindre à peu près partout, mais surtout en Occident, réside dans la tendance aux élevages qui ne produiraient plus, en fin de compte, que des nuisances. La pollution de nos côtes par les marées noires est certes dramatique, d'autant que les conséquences sont visibles et spectaculaires, mais la pollution insidieuse et permanente des nappes phréatiques par les lisiers des élevages porcins est tout aussi catastrophique. A une autre échelle, on assiste à des tensions de plus en plus vives entre partisans et adversaires de la prolifération des animaux de compagnie, préoccupante quand elle se nourrit de misanthropie. Le fait que nombre de nos contemporains s'engagent aujourd'hui dans la défense exclusive des animaux comme d'autres s'engagent dans l'humanitaire est, selon moi, l'expression d'une crise morale de la civilisation.

– *Se soucier de la souffrance humaine et animale va pourtant de pair avec un intérêt pour le respect de la vie en général, dans la grande tradition des hommes tels que saint François d'Assise ou Ghandi.*

– Laissez-moi préciser. Je pense à une crise morale lorsque cet engagement amène trop souvent certains à confondre à l'extrême la cause des hommes et celle des animaux, au point d'idéaliser les animaux pour mieux rejeter les hommes. Après avoir longtemps traité les humains comme des animaux et certains animaux mieux que des humains, il est grand temps de considérer les uns et les autres pour ce qu'ils sont, dans le respect bien compris de la vie et des êtres.

– *L'homme cessera-t-il un jour de manger des animaux ?*

– Je ne crois pas qu'il le fera tant qu'il restera un homme omnivore. Mais si cela devait arriver, les espèces domestiques qui seraient devenues inutiles auraient peu de chance de survivre. C'est ce qui se passe déjà avec les races en voie d'extinction aujourd'hui.

– *En Inde, les vaches ne sont pas consommées. Pourtant, elles ne sont pas en voie d'extinction.*

– C'est vrai, mais c'est différent car il s'agit là d'un animal sacré à l'égard duquel on entretient une attitude révérencielle propre à la croyance hindoue qui remonte à 7 000 ans. Ailleurs, chez des éleveurs tels que les Massaïs du Kenya ou les Dinkas du Soudan, on ne mange pas non plus les vaches. On se contente juste de les saigner pour boire leur sang mélangé à du lait. Pendant longtemps encore, l'homme et l'animal entretiendront des rapports multiples, différents d'une culture à l'autre. Pour le meilleur et pour le pire.

* * * * *

Nous allons enfin les comprendre

– *Même si le concept de l'animal-machine commence à dater, la plupart pensent encore que l'on rabaisse l'humain au rang de la bête dès lors qu'il s'agit d'étudier le comportement des deux ?*

– **Boris Cyrulnik :** Plus nous découvrons la condition animale, plus il me semble que nous soulignons la dimension humaine. Personnellement, j'ai du mal à me sentir humilié lorsque j'observe des goélands, des singes et des chiens. Ils nous enseignent l'origine de nos propres comportements. En observant les animaux, j'ai compris à quel point le langage, la symbolique, le social nous permettent de fonctionner ensemble.

– *Et si l'on vivait dans un monde sans animaux ?*

– On aurait du mal à distinguer la catégorie humaine. De la même façon, si nous habitions un monde où tout serait bleu, il serait impossible de penser le concept de bleu. Pour pouvoir le faire, il faut absolument une autre couleur.

– *Vers quoi tendent nos relations avec les animaux ?*

– Jusqu'alors, nos rapports avec les animaux avaient été très clairs. Dans un premier temps, nous étions dévorés par eux. En inventant la technologie, nous avons commencé à maîtriser la nature et donc à nous placer au-dessus d'elle. Ensuite, lorsqu'on a inventé la sangle de poitrail qui a remplacé lelicol, les chevaux et les bœufs ont libéré les hommes de l'esclavage de la charrue, du soc et du labour. En poursuivant son ascension, la technologie du XIXe siècle a esclavagé davantage les animaux, au point de les considérer comme des choses. Et à présent que la technologie se montre de plus en plus triomphante, certains d'entre nous commencent à penser en effet que l'on pourrait parfaitement envisager un monde d'hommes sans animaux.

– *Vous y croyez ?*

– Il n'est pas impossible qu'un jour prochain nos décideurs politiques nous limitent dans le choix de nos animaux. Cela dit, chaque fois que les hommes se sont sentis agressés par une contrainte naturelle ou sociale, ils ont réagi par des mécanismes compensateurs. Ce qui fait que, depuis le XXe siècle où la technologie nous a éloignés de la présence sensorielle des autres êtres vivants, on a vu apparaître de nouveaux liens affectifs avec les animaux. Donc, il y aura au XXXe siècle des hommes politiques qui inventeront des lois pour interdire aux hommes de fréquenter ces êtres naturels qui souilleront notre belle civilisation technique. L'artifice de la technique constitue désormais notre nouvelle écologie.

– *Mais il y aura aussi des opposants à cette doctrine ?*

– Oui, des marginaux qui posséderont des animaux en cachette parce qu'ils continueront à aimer encore la vraie vie et des philosophes qui fomenteront de grands débats idéologiques sur le droit à vivre avec d'autres êtres vivants dans des nouvelles cités essentiellement technologiques. La nouvelle forme de démocratie, ce sera de toute façon la complémentarité d'intérêts divergents. D'un autre côté, il y aura une limite des animaux de consommation en réaction aux innombrables problèmes sanitaires engendrés par l'élevage industriel et son impact sur l'écologie et l'économie mondiale ; une limite des animaux d'expériences grâce au développement de nouvelles technologies.

– *On parle là de l'Occident technologique. Mais partout ailleurs, on trouve encore des peuples qui vivent en parfaite harmonie avec les animaux ?*

– Ce sont eux les véritables écologistes du XXIᵉ siècle et ils n'ont jamais eu besoin de partis politiques pour comprendre que la nature est fragile, qu'elle participe à notre propre évolution depuis le début de notre arrivée sur la Terre.

– *Faire preuve d'empathie pour la souffrance animale est perçu par certains comme une injure à l'encontre de l'espèce humaine...*

– Comment pouvez-vous voler au secours des animaux alors que mon enfant souffre tant ?

– *C'est en effet une réflexion que l'on entend régulièrement.*

– Je ne comprends pas que l'on doive choisir entre la souffrance des uns et celle des autres, que l'on puisse supporter, créditer, fermer les yeux sur une forme de souffrance parce qu'une autre existe. Les enfants qui souffrent ne souffriront pas moins si l'on torture des animaux.

– *Cela dit, il y a maintenant une certaine prise de conscience importante.*

– Il y a plusieurs siècles, quand les empereurs aztèques ou perses construisaient des zoos, c'était pour symboliser leur pouvoir sur la nature et le monde. A l'époque de la Renaissance et même à l'Exposition universelle de Paris en 1937, les ménageries accueillaient à la fois des animaux exotiques, des Noirs et des Esquimaux. Aujourd'hui, les zoos se transforment en parc animalier conservateur des espèces en voie de disparition. L'affaire semble entendue : désormais, la souffrance animale sensibilise l'homme.

– *L'animal avenir de l'homme jusque dans la survie de ses organes, cela n'évoque-t-il pas les fantasmes de l'imaginaire collectif dans la mythologie ancienne où les hommes et les animaux ne font qu'un ?*

– Dans les mythes, le centaure ou les chimères témoignent de la proximité de l'homme et de l'animal. L'étroite relation qu'entretient l'homme avec les bêtes serait-elle en passe de devenir plus intime encore ? Peut-être bien. En tout cas, cette mythologie n'a pas tort : l'homme comme les animaux appartiennent au monde vivant. D'ailleurs, la définition de l'animal est un peu absurde : c'est le non-homme, un être-moins, une définition par amputation qui ne correspond plus aux découvertes actuelles. La barrière entre les espèces qui vient d'être franchie par les maladies graves que notre industrie provoque prouve cette unité du monde vivant. Mais chaque espèce vit dans un monde qui lui est propre et tout n'est pas transposable. Au contraire même puisque chaque espèce est spéciale. Le clonage permettra bien mieux la greffe des organes et posera des problèmes éthiques vraiment très difficiles.

— Les animaux ont toujours participé à la condition humaine et en ont terriblement souffert. Saurons-nous nous réconcilier avec eux ?

— Les animaux ne sont ni des machines, ni des humains, ni des idoles, et je pense que le IIIe millénaire sera celui de la découverte des mondes animaux. Avec leur chair, nous avons fait du social en inventant la chasse. Avec leurs os, nous avons fabriqué nos premiers outils. En les peignant et en les sculptant, nous avons fait naître nos croyances originelles. En les observant, nous avons compris notre place dans le monde. Et pourtant, c'est la première fois dans l'histoire de l'homme que nous sommes capables de découvrir et de comprendre les mondes mentaux des animaux. J'insiste là-dessus : le jour où l'on acceptera enfin qu'il existe une pensée sans parole chez les animaux, nous éprouverons un grand malaise à les avoir humiliés et considérés aussi longtemps comme des outils.

Ouvrages de Pascal Picq

La Vie des gorilles et des chimpanzés
Nathan, « Monde en poche » (jeunesse), 1992

Aux origines de l'homme
(avec Yves Coppens)
CD-Rom sur l'histoire de l'évolution
(prix Moëbius, 1994)

Lucy et son temps
Fontaine-Mango, 1996

Le Premier Homme et son temps
Fontaine-Mango, 1997

Le Singe, cet homme
Du rififi chez les chimpanzés
(documentaires)
(avec Nathalie Borges)
Doc en stock, Arte, 1998
(prix Léonardo, 2000)

Les Origines de l'homme :
L'odyssée de l'espèce
Tallandier-Historia, 1999

Cro-Magnon et nous
Fontaine-Mango, 2000

La Préhistoire
Mango-Jeunesse, 2001

Les Origines de l'humanité
Mango-Jeunesse, 2001

Le Visage : sens et contre-sens
(direction de l'ouvrage)
Eshel, 1988

Sous le signe du lien : une histoire naturelle de l'attachement
(prix Science et Avenir, 1990)
Hachette Littératures, 1989,
et « Pluriel », n° 8607, 1997

La Naissance du sens
Hachette Littératures, 1991
et « Pluriel », n° 891, 1998

De la parole comme d'une molécule
Eshel, 1991
Seuil, « Points Essais », n° 299, 1995

Les Nourritures affectives
(prix Blaise Pascal)
Odile Jacob, 1993,
et « Poche Odile Jacob », n° 2, 2000

De l'inceste
(avec Françoise Héritier, Aldo Naouri)
Odile Jacob, 1994

L'Ensorcellement du monde
(prix Synapse)
Odile Jacob, 1997,
et « Poche Odile Jacob », n° 67, 2001

Si les lions pouvaient parler
(direction de l'ouvrage)
Gallimard, « Quarto », 1998

Un merveilleux malheur
(prix Medec)
Odile Jacob, 1999,
et « Poche Odile Jacob », n° 78, 2002

Dialogue sur la nature humaine
Éd. de l'Aube, 2000

L'Homme, la science et la société
Éd. de l'Aube, 2000

Les Vilains Petits Canards
Odile Jacob, 2001

La Fabuleuse Aventure des hommes et des animaux
(en collab. avec Karine-Lou Matignon)
Chêne éditeur, 2001

Ouvrages de Karine-Lou Matignon

Le Livre de l'Essentiel
(collectif)
Albin Michel, 1995

Le Livre de l'Essentiel, 2
(collectif)
Albin Michel, 1998

L'Animal, objet d'expériences :
(Entre l'éthique et la santé publique)
Anne Carrière, 1998

Sans les animaux, le monde ne serait pas humain
Albin Michel, 2000

La Fabuleuse Aventure des hommes et des animaux
(en collab. avec Boris Cyrulnik)
Chêne éditeur, 2001

RÉALISATION : PAO ÉDITIONS DU SEUIL
IMPRESSION : NORMANDIE ROTO IMPRESSION S.A.S. À LONRAI
DÉPÔT LÉGAL : MAI 2002. N° 55127 (020857)

Collection Points

DERNIERS TITRES PARUS